◆◆ 中国文学名家小小说精选丛书

一个人待会儿

胡玲 著

江西高校出版社
JIANGXI UNIVERSITIES AND COLLEGES PRESS

南 昌

图书在版编目（CIP）数据

一个人待会儿 / 胡玲著 . -- 南昌 : 江西高校出版
社 , 2025. 6. -- (中国文学名家小小说精选丛书).
ISBN 978-7-5762-5585-0

Ⅰ . I247.82

中国国家版本馆 CIP 数据核字第 20249DW803 号

责 任 编 辑　盛天涛
装 帧 设 计　夏梓郡

- -

出 版 发 行　江西高校出版社
社　　　　址　江西省南昌市新建区工业二路 508 号
邮 政 编 码　330100
总 编 室 电 话　0791-88504319
销 售 电 话　0791-88505090
网　　　　址　www.juacp.com
印　　　　刷　鸿鹄（唐山）印务有限公司
经　　　　销　全国新华书店
开　　　　本　650 mm×920 mm　1/16
印　　　　张　13
字　　　　数　160 千字
版　　　　次　2025 年 6 月第 1 版
印　　　　次　2025 年 6 月第 1 次印刷
书　　　　号　ISBN 978-7-5762-5585-0
定　　　　价　58.00 元

赣版权登字 -07-2024-961

CONTENTS
目　录

001/ 第一辑　群 像 斑 斓

002/ 大青衣

006/ 杯中舞

010/ 响匠

014/ 俏花旦

018/ 小丑

022/ 画家厨师

026/ 哭灵人

030/ 破烂王

034/ 老洋楼花匠

039/ 第二辑　岁　月　留　痕

040/ 小巷深深

044/ 照相馆

049/ 做头

053/ 杀年猪

059/ 合影

063/ 青花瓷

068/ 红酥手

073/ 草根募捐晚会

078/ 蝴蝶飞舞

082/ 鹊在枝头

086/ 山里山外

091/ 清明节

095/ 隐匿的光芒

099/ 第三辑　人　生　百　味

100/ 寂静无声

104/ 诗意丢了

109/ 冰疙瘩

114/ 一个人待会儿

118/ 有你在的城市

122/ 桃花开了

127/ 像鸟儿一样飞翔

131/ 十八岁

135/ 下次见　　　　　149/ 饭碗

139/ 珠光宝气　　　　153/ 松果

144/ 父亲的秘密　　　157/ 芳邻

161/ 第四辑　尘 世 万 象

162/ 饭局　　　　　　181/ 芝麻大的事儿

166/ 分界线　　　　　185/ 出息

170/ 背后有人　　　　189/ 手机坏了

173/ 乔迁新居　　　　193/ 证据

177/ 生活在手机里

第一辑　群像斑斓

◀ 大青衣

原本宁静的村庄突然热闹了，乡亲们雀跃着欢呼着，争相奔走相告：今晚李大户家请柳月如来唱戏。

说起柳月如，在当地可谓声名赫赫，她是县剧团的名角，能够听她唱戏，一睹她的风采，是许多人的梦想。

刚近黄昏，乡亲们潮水般拥向李大户家，青莲好奇地跟在人群后。李大户家院子里，灯火辉煌，高高的戏台前挤满了乌泱泱的人群，他们昂着头，瞪着眼，屏住呼吸，焦急地等待柳月如出场。青莲猫起身子，使劲朝前钻，像一尾滑溜的小鱼儿，钻到了人群最前面。

锣鼓铿锵，乐声四起，柳月如一袭飘逸的青衫长裙，款款从幕布后走出来，身姿婀娜，莲步轻移，宛如踩在云端的仙女。喧闹的人群瞬间寂静。柳月如眼波流转，一翘兰花指，一抖水袖，行云流水，灵动自如。柳月如轻启朱唇，黄鹂一样清脆婉转的声音脱口而出。人们看呆了，听痴了，像木头人立在当地。青莲尚小，看不懂剧情，听不懂戏文，可柳月如仿佛带着一股子魔力，深深诱惑着青莲，让青莲的目光无法从她身上移走，她哭，青莲跟着哭，她笑，青莲也笑。

戏散，柳月如谢幕退下，乡亲们依依不舍地离去。青莲不走，她悄悄来到后台。

柳月如对镜卸妆，从镜子里看到了身后的青莲。小丫头，怎么还不回家？青莲紧盯柳月如，紧闭双唇不语。柳月如回头，上上下下打量着青莲，见青莲面容清秀，身形纤细，眼神里有股子坚毅倔强劲儿，说，真是个唱青衣的好坯子。可柳月如说什么，青莲就是不说话。最后，柳月如问，愿意跟我学戏吗？青莲终于开口，愿意，我要唱戏，像你一样。

青莲跟着柳月如学戏，大家都说青莲家祖坟冒青烟了，要知道，柳月如不轻易收徒的。柳月如对青莲很严，唱念做打，手把手教青莲，青莲学得稍有不佳，必然受罚。名师出高徒，十年勤学苦练，青莲成了剧团最出色的青衣，她扮相清丽端庄，音色清澈圆润，表演细腻庄重，秦香莲、白素贞、王宝钏，所有青衣角色被她演绎得栩栩如生，活灵活现。

也不知从何时起，看戏的人越来越少了。台上，青莲卖力表演，台下，观众寥寥无几。青莲从最初的失落、失望演变为绝望。

一天，一个打扮时尚的男人来剧团找青莲。青莲小姐，我们公司正在挖掘歌星，以你的形象和唱功，绝对能够火，你可有兴趣？青莲想也没想，说，我没兴趣！男人说，传统戏在本地已经衰落，现在还有谁看戏？说完，男人把一张名片放在桌上。青莲小姐，想走充满鲜花的光明大道，还是孤独地在一棵歪脖树上吊死？由你自己决定。说完，男人离开了。

那天，男人的话不断在青莲脑子里回荡，她去找柳月如，说，师傅，有人说我可以做歌星。柳月如说，咱们是唱戏之人，并非戏子。青莲说，没人看戏了，我想另找出路。柳月如说，即使台下只有一个观众，我们也要唱下去。青莲脱下戏服，说，不，我再也不唱独角戏了。柳月如说，你出了剧团，我们的师徒缘分也就尽了。青莲含着泪，头也不回地走出了剧团的大门。

青莲果然火了，唱歌、走穴、商演，她春风得意。热闹精彩的生活，使她早就淡忘了剧团和柳月如。

五年后的一天，青莲和老板相约咖啡厅商谈演出事宜，青莲去得早，点了杯咖啡喝起来。不远处，几个年轻人正对着她窃窃私语。作为明星，她早已习惯了人们对她的关注和议论。看，那不是歌星青莲吗？她唱歌挺好听的。听说她以前是唱青衣的，她的唱功、动作、神态都有传统戏的影子。原来她以前是唱戏的啊，怪不得她唱歌有种与众不同的味道。他们的话飘进青莲耳朵里。

老板来了。青莲说，有个问题我一直想问你，你当初为什么觉得我能唱出来？老板一笑，因为你有戏剧底子，唱出来有特色，要不然，你怎么会红？要知道，现在会唱歌的人一抓一大把。青莲内心像被人投了一块大石头。

晚上，青莲做了一个梦。梦里，柳月如和青莲唱《白蛇传》，柳月如演白蛇，青莲反串法海，两人对打起来，青莲一剑刺穿了柳月如的胸膛，柳月如倒在戏台上，鲜血染红了柳月如的白衣。

青莲从梦中惊醒。

第二天，青莲取消所有活动，赶到县剧团，却发现大门紧闭，向周围人打听，才知道，剧团生意冷清，半年前已经倒闭了。

青莲找到柳月如家里，看到的是柳月如的灵位。守灵的老太太说，我是月如的管家，你是青莲吧？青莲一惊，你怎么知道？老太太说，月如说过，你迟早会来的。青莲问，师傅怎么走了？老太太说道，月如是个戏痴啊，爱戏的人越来越少，懂戏的人越来越少，她整日郁郁寡欢，剧团倒闭后，她大病一场，昨晚，她走了。临终前，她叮嘱我把一样东西交给你。说着，老太太拿出一个盒子递给青莲。青莲打开，里面是一套青衣的戏服，正是她初次看师傅唱戏时穿的那套。师傅！青莲怆然泪下，跪倒在柳月如灵前。

没多久，县剧团重新开张。剧团的老板不是别人，正是青莲。锣鼓铿锵，乐声四起，青莲一袭飘逸的青衫长裙，款款从幕布后走出来……

（原载《红豆》2017年6期，《小说选刊》2017年7期转载，《小小说选刊》2017年15期转载，入选《红豆2016-2017小说双年选》一书，入选《2017中国年度微型小说》一书，被选为多地中高考语文阅读题，获得广东省改革开放四十周年最具影响力40篇小小说）

◀ 杯中舞

肖婉兮在文化中心看了场舞剧，见时间尚早，决定去附近的歌舞团转转。

自从肖婉兮从歌舞团退休后，就再没有回来过，整整五年了。尽管团里的领导、同事时常邀请她回团里指导工作、提提意见，她都婉言谢绝了。她觉得既然退了，就不能明退暗不退，倚老卖老，她不愿给同事、后辈制造压力，年轻人们脑子灵活，有创新意识，应该让他们自由施展，发挥才干。

退休前，肖婉兮一直是团里的骨干，专攻舞蹈，业务能力强，经验丰富，做了二十多年副团长，带了不少徒弟，现在歌舞团团长吴曼曼便是她的得意弟子。吴曼曼刚进团时，还是个不谙世事的愣头青，肖婉兮见吴曼曼形体条件好，舞蹈功底过硬，便有意栽培她，给她创造了许多机会和平台。短短三年时间，吴曼曼从群演跳到了首席。

肖婉兮德艺双馨，在业界有口皆碑，退休前几年，上级和同事极力推选她担任团长，由副转正，给职业生涯画上完美的句号。肖婉兮把机会让给了吴曼曼，肖婉兮说，歌舞团要发展壮大，必须扶植新人，把舞台留给后辈吧，我仍然做副，辅助团长。所以，吴曼曼对肖婉兮充满了感激和敬意。

肖婉兮散着步，走进歌舞团大门，来到昔日工作过的地方，她倍感熟悉与亲切。一个小姑娘看到她，又惊又喜，肖老师，您来了，好久不见您了。肖婉兮和蔼一笑，说，路过这儿，来看看。小姑娘说，我去跟吴团报告，说您来了，她见着您一定高兴。肖婉兮摆摆手，说，不必了，我就是随便转转，千万别惊扰她，她可在馆里？小姑娘说，在啊，吴团在排练厅跳舞呢！肖婉兮一愣，吴曼曼年过四十，已过了舞蹈演员跳舞的黄金年龄，随即问道：吴团现在还在跳舞？小姑娘说，吴团还在跳，大大小小的演出，还是她挑大梁，谁让她是咱们团的台柱子呢！肖婉兮说，你忙吧，我去瞧瞧她。

肖婉兮朝排练厅走去，路过一条长长的走廊，两边是团里的宣传长廊，专门悬挂团里演出的巨幅照片。肖婉兮看了几眼，几乎全是吴曼曼的照片，或领舞，或独舞。

行至排练厅，肖婉兮悄悄从后门走进去，在角落的长椅上坐下。吴曼曼和舞蹈演员们正在跳舞，没人注意到肖婉兮的到来。

在轻柔的乐曲中，舞蹈演员们围着吴曼曼旋转。位于中央的吴曼曼摇曳多姿，翩翩起舞，像一朵盛开的牡丹花，光彩照人。

一曲跳完，吴曼曼叫大家休息，大家四散开去。有人发现肖婉兮，一声尖叫，肖老师来了！吴曼曼闻声，欣喜地走过来，肖老师，您过来怎么不提前说声啊？快去我办公室坐。吴曼曼亲热地挽起肖婉兮的手。肖婉兮说，咱俩去外面寻个清静的地儿，喝杯茶，也好聊聊天，不知吴团可否赏光？吴曼曼说，能和肖老师一起喝茶聊天，我求之不得，不过，说好了我请您啊，您要给我机会啊。

两人说着笑着，步入一家叫"七里香"的茶馆。选了个僻静的角落坐下，侍者送来茶单，吴曼曼把茶单递给肖婉兮，肖老师，您想喝点什么，想吃什么点心，随便点。肖婉兮一笑，说，那我就恭敬不如从命，替你做回主了。

肖婉兮未看茶单，直接对侍者说，来两杯西湖龙井。

很快，两杯西湖龙井上桌，晶莹剔透的玻璃杯里，青翠的嫩芽如耸立的细笋飘飘悠悠。肖婉兮说，我尤爱龙井，因为龙井一般用玻璃杯盛装，可以欣赏茶叶在杯中尽情舒展的曼妙姿态，赏心悦目。

吴曼曼端起茶杯，说，无商不奸，您瞧这杯茶水，未装满，量不足啊。

肖婉兮优雅轻抿了一口鲜绿的茶汤，说，中国有句老话叫茶七饭八，意思是倒茶只能倒至七成满，太满则溢，容易烫伤饮茶者的手，留点空间和余地，最好。

肖婉兮举高茶杯，凝望其中，那些细嫩的茶叶，开始漂浮在表面，优美地打着转儿，慢慢落入杯底。肖婉兮说，我喜欢看杯中茶叶，或许因为我是舞者，我看这些茶叶也像舞者，它们身着绿色舞衣，最开始，在上面跳，而后，它们不跳了，潜沉到最底处，却散发出更浓酽的清香。

肖婉兮放下茶杯，目光温柔注视着杯底的那一抹绿意，说，其实，做绿叶也挺好的，就像这些茶叶，它们的价值，丝毫不比红花逊色。

吴曼曼说，想不到肖老师不仅精通舞蹈，对茶也颇有研究。

肖婉兮说，其实，世间万物皆是相通的，万变不离其宗。

吴曼曼聆听着肖婉兮的话，若有所思，从认识肖婉兮多年，她从未见肖婉兮说过这么多话。

两天后，肖婉兮收到吴曼曼发来的信息：这两天一直在回味肖老师的话，有所顿悟，谢谢您的良言，受益匪浅。肖婉兮回复：我视你为女儿，所以漫无边际胡扯了一大堆，你觉得有益的就听，觉得无用只当是耳旁风便是了。

半个月后，肖婉兮在图书馆偶遇歌舞团的一个男孩，问起吴曼曼的情况，男孩说，吴团现在不上台表演了，转做幕后了，她叫我们这些小年轻多上台展现自己，还有，她还把她以前的演出照从宣传长廊取下来了，换上了我们的，想想以前，她是多么要强的一个女人啊，现在就像换了个人似的……

肖婉兮一笑，说，人嘛，都是会变的。

（原载 2020 年 9《小说月刊》，2020 年 21 期《微型小说选刊》转载，入选年选《2020 年中国微型小说排行榜》（百花洲文艺出版社），入选年选《2020 年中国微型小说精选》（长江文艺出版社），入选《中国当代微小说 300 篇》）

第一辑　群像斑斓

◀ 响 匠

老叶做响匠近 60 载。

"响匠"是当地土话，是由鼓、锣、唢呐、钹、土笛等民间乐器组成的器乐乐队。

老叶 10 岁时，拜村里最有名望的响匠陈师傅为师，学习吹唢呐，从小跟着师傅的响匠四处表演。台上，师傅和师伯师叔们挥洒自如。台下，他的心里满是羡慕和憧憬。他渴望有一天，也能像师傅一样，站在神圣的舞台上，接受观众雷鸣般的掌声。

陈师傅手把手、一招一式地教老叶，老叶勤学苦练，从不倦怠。唢呐气息足则音满，为了练就充足的气息，老叶每天把管子插入水中用力吹。寒来暑往，老叶终于学成。

出师那日，陈师傅抓着老叶的手说：这门相传了几百年的手艺，今天就传到你手上了，你要接好！那一刻，老叶觉得既光荣又自豪。

那年，老叶和师叔师伯们的七名弟子组建了一个响匠班，老叶手艺好，唢呐又是响匠班的核心乐器，老叶被推选为班主。

春节晚上，八人首次公开表演，他们精神抖擞地站在村里的广场上，像八个威风凛凛的战士。全村的人都来看表演，里三层外三层把他们包围着。

"预备，开始！"随着老叶一声令下，他们敲的敲，吹的吹，打的打，"哐哐哐，咚咚咚，锵锵锵"，高亢激昂的乐声深深撩拨着村民的心弦，听得他们如痴如醉，不停地鼓掌、喝彩。

从此，所有人见到他们，都尊敬地喊一声"师傅"。农活再忙，他们也会抽时间一起练习、研究乐曲。他们四处奔走，收集了几百首民间流传的乐曲段子，查阅了无数民间乐谱，还四处寻访老艺人，听他们传经授宝，终于，经过他们反复调试、修改，排练出各种风格的乐曲。不同情境对应不同的曲调，长调或短调，喜悦的或悲伤的，都被他们演绎得活灵活现。

农闲时节，响匠班就到村里巡回表演，村民们聚在一起，边聊家常边看他们表演，比过年过节还热闹。

村里谁家有个婚丧嫁娶，或年节喜庆，都会请响匠班去表演。他们穿戴一新，携带乐器，走村串户。响匠班走一路，悠扬的乐声就飘扬一路。行人停下脚步，地里的农人放下手中的活儿，孩子们跟在他们屁股后面，随着乐曲又唱又跳。

到了"办事"的家里，他们被奉为上宾。东家热情招呼他们坐下，端来热茶，每人发一包好烟。流水席开席，他们被请上头桌。待他们吃饱喝足了，下一桌才开席。

客人们坐流水席的时候，他们被请到搭建的舞台中央表演。

东家是喜事，他们就变换出各种喜庆欢乐的曲子，营造出快乐喜悦的气氛，让人不觉心情舒畅，喜笑颜开。东家是丧事，他们就演绎悲切的曲调，乐声极尽哀婉，给逝去之人送上一份哀思，听得人潸然泪下。

响匠班表演结束，东家会热情地给他们封个红包表示谢意。

这种风光和红火持续了很多年。

不知什么时候，县里突然冒出了几家民间艺术团，专门承接乡村红白喜事的演出。

村长六十大寿，原本邀请了响匠班。村长的侄儿阿福来找村长，说要请县里的火鸟艺术团给村长祝寿，说要让大伙开开眼界。村长一听动了心，通知响匠班取消表演。

村长的寿宴上，火鸟艺术团出现了。一个浓妆艳抹的美女妖娆地登台，嗲声嗲气唱起了歌，几个小姑娘扭腰摆臂地跳舞，边跳边脱衣服，最后身上剩下打底的内衣，大家看得脸红心跳。期间，几个小伙子轮流上台讲几个搞笑的荤段子，逗得众人哄笑。

从那以后，村里的红白喜事，都请"艺术团"了，响匠班如同人老珠黄的暮年女人，悄悄被人遗忘在脑后。

老叶的侄儿阿锋结婚，老叶找上门，说，你的婚礼上，我带响匠班来助兴。

阿锋一笑，叔，我已经请了县里的艺术团，现在大家都爱看他们的节目。

老叶央求说，让我们表演一回吧，我们免费表演，行吗？

侄儿为难地说，那你们就在棚外表演吧。

老叶召集响匠班，特意谱了新曲，没日没夜地操练了半个月。

阿锋婚礼当天，"艺术团"在棚内表演，人声鼎沸，十分热闹。响匠班带着乐器，来到棚外。外面冷清清的，没几个人。

"开始！"老叶一声令下，表演开始了，他们脸上带着虔诚，双目微闭，娴熟地操弄着乐器，随着演奏忘我地摇头晃脑，浑身律动。

良久，他们表演完毕，深吸一口气，睁开眼，迎接他们的只有两个观众和稀稀落落的掌声。棚内的笑声、起哄声一阵阵传出来，震耳欲聋。六月天，响匠班所有人的心却冰凉。

走吧！老叶悲凉长叹一声，带着响匠班离开。叔，你们吃了饭再走啊！侄儿赶过来，在他们后面喊。

他们都没有说话，也没有回头，脚步蹒跚地走在乡间小道上。夕阳如血，将八个苍老的身影拉得很长很长。

从那以后，村里再没人请响匠班表演了。

老叶还是时常把唢呐拿出来擦一擦、吹一吹，儿子儿媳妇嫌他的唢呐声吵，他就一个人来到野外吹。

每天黄昏，响匠班相约在村外的小河边表演，他们尽情吹打，乐声时而悲伤，时而欢快，冲上云霄，飘向天际，久久不绝。小鸟、蝴蝶、蜻蜓环绕在响匠班周围，不停地飞来飞去，那是他们最忠实的听众……

（原载2019年4月14日《羊城晚报》，2019年4月20日《文摘报》转载，2019年5月19日《甘肃工人报》转载，2019年14期《微型小说选刊》转载，入选多地语文阅读题）

◀ 俏花旦

戏校毕业后，小俏考入江洲市文化馆。

第一天上班，小俏到练功房练功。练功房里，一个老妇人正埋头打扫。小俏换上戏装，抖起了水袖。伴随着轻快的步子，水袖飞舞，行云流水。正练得起劲儿，一个低沉的女声从她身后飘来：动作小了点，实了点，不够灵活轻巧。她回头，一个寒战，水袖滑落在地。眼前的老妇人，一张脸丑陋无比，布满黑漆漆的疤痕，似无数条细毛虫在蠕动。小俏吓得直冒冷汗，慌张跑出练功房。

从那以后，小俏每次去练功房，总能看到老婆子，说小俏这动作不对，那唱得不好。小俏不搭理她，一个扫地婆子，不懂装懂，指手画脚，懒得跟她一般见识。小巧找馆长诉苦。馆长，把练功房的清洁工换了吧，她长得吓人，还成天对我的表演评头论足，严重影响我练功了。馆长一笑，小俏，人不可貌相，海水不可斗量，一个演员，要听得进别人的批评，要知道，山外有山，人外有人啊。小俏无言以对，心里很不是滋味，这老太婆，肯定是哪位领导的亲戚，馆长都向着她说话呢！

年中，馆里承办了一场大型晚会。小俏登台表演《拾玉镯》。她扮演的孙玉娇，灵动俏皮，活泼可爱，赢得台下一片欢笑声。表演快结束时，她肚子疼得厉害，上台前她吃了几块凉西瓜，这会儿闹起了肚子。她提前谢了幕下了台，观众并未发现异状，仍报以雷鸣般的掌声。

后台，小俏捂着肚子坐下。扫地的老婆子拿着扫把走过来，自言自语道：大幕一打开，戏比天大，就算天掉下来，也要唱到结尾。小俏气不打一处来，狠狠斜了老婆子一眼，说，有些人，站着说话不腰疼，有本事，上台去唱啊。老婆子仿佛被人当头打了一棒，待在当地。小俏窃喜。

年底，馆长找到小俏，小俏，春节快到了，今天我带你去慰问一位戏曲界前辈。谁？小俏好奇。以前咱们馆的台柱子，唱花旦的绿娥眉老师。绿娥眉？我记得这个名字，小时候，她好火的，在戏校时，老师们也常说起她，说她长得多美，唱得多好，但是后来，她好像销声匿迹似的。小俏，今天你就可以见到她了。

馆长带小俏来到一幢旧楼前，敲响了大门。大门打开，小俏一呆，开门的竟是扫地的老婆子。小俏，正式向你介绍，你面前这位就是绿娥眉老师，馆长说。小俏惊讶得下巴就快掉了，她真是绿娥眉？我正是绿娥眉，老婆子朝她一笑，脸上的疤痕缓缓舒展开来。

走进绿娥眉的屋子，宛如走进一间小型戏剧博物馆。四周挂满了戏装和脸谱，柜子上、桌子上，摆着各种花旦头套，令小俏叹为观止。绿娥眉沏来一壶茶，说，小俏，我以前常批评你，你不记恨我吧？馆长说，小俏，能得到绿娥眉老师的指点，你何等荣幸啊！馆里那么多演员，只有你被她指点过，可见，孺子可教也。小俏满脸愧疚，说，老师，真是有眼不识泰山，以前多有得罪，还请您多多见谅！其实，你别看我嘴硬，心里早就觉得你批评得很专业，背地里偷偷练呢。小俏，这点，我倒早就瞧出来了。小俏和绿娥眉相视一笑。绿娥眉说，难得贵客登门，今天你们吃了晚饭再走。说着，她钻进了厨房。

　　小俏放下茶杯，只见茶几的玻璃下，镶着一张大相片，一个身着粉色戏装的俏花旦，微侧着下巴，翘着小兰花指，巧笑嫣然。好美啊！小俏说。馆长说，这就是当年的绿娥眉，真正称得上是风华绝代。小俏压低声量，绿娥眉老师的脸是怎么回事？馆长说，说来话长啊。20多年前，绿娥眉红遍整个江洲，她像一朵艳丽的花儿，在哪儿，哪儿的台子就是亮的。那时，她和她师兄子桐主演的《霸王别姬》，场场爆满，她演虞姬，子桐演霸王，台上台下情投意合，一双璧人。却让他们的师妹小桃红生出了妒意，小桃红一直想演虞姬，却技不如绿娥眉，小桃红爱子桐，子桐却只钟情绿娥眉。一次《霸王别姬》在剧院公演，小桃红突然冲上台，对绿娥眉的脸泼了硫酸，现场一片混乱，绿娥眉忍着剧痛，硬是把那出戏演完了才下台。她的脸从此毁了，医生说如果早些入院，她不至于毁容这么严重。小桃红被抓入狱，子桐不知去向，绿娥眉再也不能登台了，上面要求她另换岗位，以她的能力，她可以胜任馆里的领导职务，但她执意要做清洁工，因为这样，她可以天天打扫她最心爱的练功房和戏台。20多年，她躲在暗地，默默无闻，人们渐渐将她遗忘。馆里，只有我老这位"老人"知道她的身份。

小俏泪光闪烁，说，今天，我要正式拜绿娥眉为师，其实，她早就是我的老师了。

那天，在馆长的见证下，小俏向绿娥眉行了拜师之礼，俩人成为真正的师徒。

从此，练功房里每天都有绿娥眉和小俏的身影，那里成了她们谈戏说戏，切磋技艺的场所。

新年伊始，小俏向馆长提交了一份申请报告，她说，绿娥眉老师虽然不能登台了，但她还可以教学生，可以培养戏曲传承者，馆里可以开办一个免费戏曲培训班，长期招生，由她主教，我做助教，我们俩合作，将现代戏曲和传统戏曲相结合，让更多人感受到戏曲的魅力。馆长说，好，这是大好事。

不久，戏曲班开班了，一群戏迷们身着戏装，头戴头套，在绿娥眉和小俏的指导下，起云手，甩水袖，起碎步，涮腰，唱戏，好不热闹精彩，如同一场气势宏美的大戏，拉开了序幕……

（原载2018年1月28日《宝安日报》）

◀ 小　丑

$\cdots\cdots\cdots\cdots\cdots$

在 A 城，我是最出名的心理咨询师，每天找我看病、咨询心理问题的人络绎不绝。在我的开导和治疗下，很多患者走出了心理阴影，重拾欢乐和信心。

这天早上，我刚上班，就迎来了第一位患者。他高高的个子，浓眉大眼，身材和长相都十分完美，堪比明星。但他的脸庞、眼睛、眉毛、嘴巴，甚至脸上的每一个毛孔，都透着深深的疲惫和憔悴。假如，我有他这样的身材和容颜，我肯定每天都会笑，人啊，永远都不会满足，我想。

他紧锁着眉头，长长地叹了口气，像一团烂泥瘫软地坐在我办公桌前。"胡医生，我快要发疯了，最近几年，我倒霉透顶，没一件事情是称心如意的，烦恼和焦虑总是包围着我，折磨得我吃不下饭，睡不着觉，我感觉我快要发疯了。"他捂住头，痛苦地闭上双眼，脸部扭曲。"胡医生，怎么办？我该怎么办？"

"有什么烦心事？跟我说说吧。"

"太多太多了，一时半会儿也说不完。"他用力捶自己的头，一副崩溃的样子。

"你冷静点，深吸一口气，放轻松，给我说说看。"

"我想在这座城市有个像样的家，最好是临湖，有很大的落地窗，可以看到小区公园的全景，可我买不起新房子，每天蜗居在破旧的老房子里，特别压抑。"

"房子和家并不能画等号。有些人，拥有很大很豪华的房子，他们依然没有家的感觉。也有一些人，他们住着租来房子，房子里有亲人，有温暖和亲情，他们也会觉得幸福。"

"我的工作也不顺心，在公司，我兢兢业业干了十几年，至今还只是个办公室主任。很多和我资历差不多的同事已经是经理、副总，他们嘴巴甜，喜欢拍领导马屁，所以有什么好事，领导就想到了他们。同事们也是势利眼，看谁有钱有势就亲近，像我这种人，他们压根懒得正眼瞧一眼。上班对于我来讲，就是一种痛苦的煎熬。"

"很多苦恼都源于你想得太多，多关注自己，少研究他人，你无法改变他人、改变环境，但你是可以改变自己，不妨好好提升自己，自己强大了，谁能看不起你？或者，你换个工作，换个环境也能换份心情。"

"我也想换工作，但我学历不高，也没有什么人脉关系，怎么找得到满意的工作。现在社会竞争太强了，很多博士生还找不到工作呢？没工作了，我吃什么？住什么？喝什么？我只能在那儿拼命耗着，再难捱，也得咬牙挺着。提升自己？我哪有时间和精力？"

我叹了口气："看来，你的问题很严重。你背负了太多压力和负面情绪，需要好好释放一下。平时多跟家人沟通交流，把你的苦衷和心里话倾诉出来，有家人的安慰和鼓励，你会轻松很多。"

"我父母总拿我跟邻居的儿子比较，说人家怎么优秀怎么出色，让我多向人家学习。我的女朋友也是，从她看我的目光中，我看到了嫌弃和鄙夷，最近一段时间，她经常拿着手机，我怀疑他在跟别的男人聊天，可我不敢质问她，我怕我一戳穿，她就离开我了。本来我们的关系就已经很脆弱了。"

"酸甜苦辣，都是生活，你只关注灰暗消极的一面，永远也无法快乐。在这座城市里，很多人生活得还不如你呢，那种苦，就像泡在黄莲水里一样，但人家照样咬着牙用力地活着。"

"我的苦恼你是不会懂的，如果，我像你这样功成名就，我也不会有任何烦恼。"

"其实，每个人都一样，在人前满脸欢笑，光鲜的面具之下，暗藏着辛酸和泪水，外人看不见而已。成年人，要学会自我调节，静静崩溃，默默自愈。"

他脸上浮起一抹苦涩的笑意："你说的这些话很像鸡汤和大道理，人人都懂，要真正做到却很难。"

"我介绍一个人给你认识，他每天要面对一大堆负面情绪和负面事件，为了提高自己的心理抗压能力，他专门去做兼职小丑，即使受到观众羞辱、嘲笑和异样的眼光，他仍然笑，就算笑不出来，也逼迫自己强颜欢笑，我的很多病人去看了他的表演后，突然释怀了很多。"

"他在什么地方？"

"市民广场正门口，他每晚都在那里表演。"

"那我一定要去看看，或许看到他，我的心里会稍微平衡点。"说完，他像一缕清瘦的残烟，飘出了我的诊室。

夜幕降临，市民广场门口，一个小丑被一大群人围着，一阵阵欢笑声不时从人群中爆发出来。小丑穿着金色亮片的夸张衣裳，戴一顶高高的圆帽子，穿一双特大的红皮鞋，脸上涂满厚重的白颜料，嘴巴血红，不时摆出各种夸张的动作，逗得周围的人捧腹大笑。

人群中，突然出现了一个熟悉的面孔——早上的那名患者。他像根树桩一样杵在人群中，眼睛定定地盯着小丑，脸上没有一丝表情。

小丑更加卖力地表演起来，把手中的彩球一个个抛向天空，然后慌忙去接，像猴子接树上落下的苹果一样滑稽。突然，小丑一个趔趄，重重摔在地上，疼得龇牙咧嘴，含在嘴里的假血喷洒了一地。终于，一丝淡淡的笑容慢慢浮现在患者脸上。

浓妆之下，没人能看清小丑的真面目。没错，我就是这个小丑。

（原载 2024 年 9 期《作品》，2024 年 10 期《小小说选刊》转载）

◀ 画家厨师

　　经营二百多年的醉翁酒楼，传到老秦这已是第七代了。老秦年迈，希望儿子子墨能接管酒楼生意，可子墨喜舞文弄墨，一心要做个逍遥画家，不愿与锅碗瓢盆打交道。

　　有一天，子墨离家来到江南桐城，期盼有朝一日能见到他最崇拜的画家陈非凡，聆听他的教诲。两年后的一天，子墨在新闻里看到陈非凡举办"夕阳美"画展的消息，欣喜若狂，遂奔现场。子墨看到所展画作画的均为老人，画中的老人瘦骨嶙峋，满面沧桑，皱纹毕现，视觉冲击力、画面震撼力强大。

　　画展期间记者问陈先生，这次展出的作品为什么全画老人？陈非凡说，我喜欢画老人，他们的每条皱纹里都饱含着智慧，每根白发里都藏着故事。记者又问，展品里，你最喜欢哪幅？陈非凡说，我最喜欢《父亲》这幅作品。记者要他谈谈《父亲》的创作过程。陈非凡对记者说，父亲离世前，我从未觉得他有多重要，但离开我们后，才发现我这辈子依靠的大山轰然倒塌了。那几天，我什么也没做，就是画我的父亲。每画一幅都是一挥而就，原来父亲的音容笑貌早已深入内心，植入骨髓。从那时起，我开始画老人，画我认识的每一位老人，我要留住他们在世间的模样。又有记者问，能谈谈您的创作心得吗？陈非凡说，画画时，心中有温度，画出来的作品必然是鲜活的。

陈非凡的话如同子弹，重重击中了子墨的心脏，子墨突然呆住了。这话父亲说过，他太熟悉了。当时子墨对父亲说，做不好菜，无法接管酒楼生意。父亲对他说，做菜时，心中有温度，做出来的菜一定是上乘的。

子墨盯着《父亲》中的老人，大脑一片空白。蓦然间，他似乎看到了父亲的影子飞入画中，与画上的老人合二为一，慈祥地朝他笑着。子墨想起了父亲。孩童时，父亲做面点时，把面粉涂在他脸上，他顶着一张"花猫脸"在酒楼上蹿下跳，逗得客人哈哈大笑。念书了，冬天从学校回来，冷得浑身发抖，父亲把他拉到后厨的炉火旁，端给他一碗热气腾腾的排骨莲藕汤，他一口气喝了个底朝天，浑身温暖舒坦。读大学初次离家时，父亲打包一盒酒楼的卤鸡爪给他，在火车上吃的时候引得邻座的小孩直流口水……

子墨默默走出展厅，拨通了家里的电话。接电话的是母亲，听到他的声音，母亲泣不成声。他叫父亲接电话时，母亲哭得更厉害了。母亲说，你爹爹每天关在房间里摆弄他做菜的炊具，一句话也不说……

子墨突然有了新的决定。他回到家后，看到醉翁酒楼大门紧闭。母亲说，你爹年事已高，实在无力撑起酒楼，关门了。

子墨说，妈，你把钥匙给我。干什么？开门做菜。很快三菜一汤端出来了。子墨拉着摆弄炊具的爹说，爹，尝尝我做的菜。老人家每道菜都尝了尝，露出意外的神色，问，这是你做的？子墨说，是的，我从小在酒楼长大，耳濡目染，味道差不了。他认真地看着父亲说，爹，从明天起，咱们的酒楼重新开张。父亲问，当真？不做画家了？子墨说，做菜不耽误画画，画画也不误做菜。

子墨接过炊具，醉翁酒楼重新营业。

子墨潜心钻研厨艺，他发现画画和做菜是相通的，他把画画的技巧运用到厨艺中。画画讲究色彩搭配，菜也要做得好看有菜色。工笔画下笔时讲究细致，不拖泥带水，切菜配菜也要细致利索。画面不能画得太满，留白才有韵味，做菜也一样，无须太多调料，最简单的烹饪手法，才能保留食物的原味。画画崇尚写意，洒脱自由，炒菜也要行云流水，不拘泥于形式……

子墨自创了一套做良心菜的方法。食材只取最新鲜的，每天清早赶往乡下，买农民刚从田地里摘来的蔬菜。取消酒楼的点菜环节，他买到什么做什么，食客就吃什么。酒楼每天最多接待五桌客人，客人来吃饭必须提前预订。

母亲觉得子墨这样做恐怕要关门。他说，出色的画家惜墨如金，出色的厨师视菜如命，世间之事宁少毋滥，多了肯定要应付。在子墨的打理下，醉翁酒楼声名大震，成为当地最有特色的酒楼。

有食客听闻子墨以前是画家，好奇地问他，老板，为何不见你画画？子墨一笑说，画在心中，好菜如画，画在菜中。

（《画家厨师》原载《红豆》2019 年 3 期，《小说选刊》2019 年 4 期转载，《小小说选刊》2019 年 7 期转载，《微型小说选刊》2019 年 9 期转载，《小小说月刊》2019 年 6 月上半月转载，《羊城晚报》惠州文脉 2020 年 12 月 3 日转载，入选长江文艺出版社《2019 年中国小小说精选》，入选多地初中、高中语文试卷和阅读题，2020 获得第四届《红豆》文学奖、《羊城晚报》花地西湖文学奖、广东省第三届"华通杯"小小说双年奖一等奖等）

第一辑 群像斑斓

◀ 哭灵人

秀禾天生嗓子好，声音像山里的黄鹂鸟一样清脆明亮，她的梦想是成为歌唱家，家里人笑她心比天高。果然，她高考落榜了。

那段时间，她闷在家里，心情低落到了极点。

三婶来找秀禾，丫头，你嗓子这么好，不如跟我去哭灵吧。秀禾斜了三婶一眼，我才不去！秀禾的爹拿起扫帚把三婶往外面赶，滚，她一个未出阁的小姑娘家，你让她去哭灵，缺德！三婶嗷嗷嘴，哭灵有什么不好？不偷不抢，凭本事吃饭。

三婶是个哭灵人。所谓哭灵，就是受死者亲友邀请，到死者丧葬仪式上痛哭，带动死者的亲友们寄托哀思和怀念。哭灵结束后，邀请方会给予一定的酬金。

一天，村里的刘老爷去世了，刘老爷的女儿邀请三婶去哭灵，让三婶带上徒弟去壮声势。三婶的徒弟外出打工了，三婶想到了秀禾。三婶偷偷找到秀禾，悄声对她说，闺女，跟我去哭灵，结束后，东家有好肉好菜招待咱们，还有钱拿，到时我分你一些。

秀禾想，反正待在家里也是闲着，不如跟三婶出去玩一下。

到了刘老爷家，三婶和秀禾换上孝服，一并跪在刘老爷的棺材前。刚跪下，三婶的眼泪便"吧嗒吧嗒"往下落，她磕着头，身体有节奏地抽搐着，边哭边唱，声声悲切，让在场所有观瞻刘老爷遗容的人都闻之落泪。秀禾低着头，咬着牙，用力挤弄着眼睛，就是挤不出一滴眼泪来，只能"呜呜呜"地干嚎着。见四周的人个个泪流满面，秀禾着急了，她佯装去上厕所，从裤兜掏出一瓶风油精，抹在眼睛上，辣得她眼泪直流。

来刘老爷家里前，秀禾怕自己哭不出来，把她爹的风油精偷偷揣进裤兜了。

丧葬仪式结束，三婶和秀禾被请上酒席，坐在最尊贵的上席位置。吃完丰盛的饭菜，刘老爷的女儿双手奉上五十块钱给三婶，恭敬地说，今天辛苦两位女师傅了！

回去的路上，三婶给了秀禾五块钱，秀禾高兴得不得了。在那个时代，五块钱不是小数目，秀禾爹娘辛辛苦苦种地卖菜，一个月也挣不了五块钱。秀禾没想到哭灵人不仅受人尊重，酬劳也不少。她央求三婶，婶，你下次哭灵还带上我！

三婶说，带你可以，你得真哭，别以为我不知道，你今天往眼睛里擦风油精了，一大股子味道。咱哭灵人得有道德和良心，不能辜负邀请人的信任，真哭是对死者的尊重。

秀禾羞愧地脸红了，我也想真哭，可我哭不出来。

三婶说，你多想想死者生前的好，想想他们去世后，他们的亲人多悲伤多难过啊，这样你就可以哭出来了。

秀禾说，可我不认识死者啊，他们的好我哪知道？

三婶说，那你就把死者想象成你的亲人，想象他们是你的亲爷爷、亲奶奶，如果他们过世了，你是什么心情？或者你把死者想成是你自己，假如你发生了什么不幸，你的亲人得有多伤心，多难过……

三婶的话还没有说话，秀禾的眼泪就掉下来了。

没多久，三婶和秀禾接到一场哭灵邀请。死者家徒四壁，父亲早逝，母亲独自将死者拉扯大，刚考上大学，在去学校的途中，被车祸无情地夺去了年轻的生命，母亲白发人送黑发人。秀禾看着死者，想到了自己，死者与她同岁，年轻轻就走了，哭灵还没开始她已泪雨滂沱，最后差点哭晕过去。哭灵结束后，三婶和秀禾将所得的酬劳偷偷塞进了死者母亲的口袋里。

后来，秀禾背着父母，多次跟三婶出去哭灵。秀禾不仅能哭了，还哭得很有感情。三婶说秀禾是哭灵的好苗子。每次跟三婶哭灵后，三婶会塞给秀禾五块钱，一段时间下来积攒了不少。

秀禾的哥哥娶媳妇，彩礼钱不够，秀禾的爹娘愁得吃不下饭睡不着觉，秀禾拿出五十块钱给爹娘。爹娘惊呆了，你哪来这么多钱？秀禾满脸骄傲地说，这钱是我哭灵挣来的，哭灵也是门艺术，和唱歌唱戏一样，不丢人，你们别用老眼光瞧人。

从那以后，父母不再反对秀禾哭灵，秀禾光明正大地做起了哭灵人。

一次，有人邀请三婶和秀禾去哭灵，三婶感染了风寒卧病在床，叫秀禾独自去。秀禾从未单独哭灵过，十分紧张。她提前赶到死者家中，详细了解死者生前的经历和事迹。丧葬仪式前，她独自坐在无人的角落开始酝酿情绪。

丧葬仪式开始，秀禾亮嗓，从静静流泪到低声呜咽，然后大声哭泣到达高潮，随后哭声慢慢降低，转为小声抽泣。哭声时急时缓，忽高忽低，时而如和风细雨伤感细腻，时而如波涛汹涌高亢悲壮，高低起伏，层次分明，完美交融。哭的过程中，她唱了起来，唱词诉说着死者生前的善良美好，还有家人对死者离去的悲伤之情，最后还唱出了对死者在另一个世界的祝福。秀禾情感饱满，哭声情真意切，所有人都被感染和震撼了，整个灵堂哭声一片。

一场哭完，秀禾嗓子沙哑，腰酸背痛，整个人像被掏空了一样。主人对秀禾的哭灵很满意。吃酒席时，主人敬了秀禾一杯酒，说，看你哭灵，就知道你是个实诚人，我活了半辈子，从未见过像你这么能哭的哭灵人。

找秀禾哭灵的人多起来，她成为职业哭灵人，常年奔波于各种丧葬仪式上，从少女哭到了老妪。

近年，移风易俗之风吹遍各地，丧葬仪式逐渐简化，很多地方取消了哭灵环节，有的干脆直接播放哀乐。哭灵人也纷纷改行了。

如今，秀禾年近七旬，没人再邀请她哭灵了。她常常想，做了一辈子哭灵人，为别人流尽眼泪，她去世时，会有人为她哭灵吗？想到这些，她心里涌起无限惆怅……

（原载 2024 年 3 期《吐鲁番》）

◀ 破烂王

"王家这小子念书念傻了！留过洋的人，活成乞丐了。"一看到小王骑着破旧的三轮车在老街出现，老街的人就会在背后窃窃私语，末了，发出一阵阵惋惜的叹息。

王家是书香世家，小王从小学业优异，考入一所名牌大学，学习考古专业，毕业后还去法国留了学。

留学归来，小王先后在多家公司工作，每份工作干不了多久就辞职，家人埋怨他眼高手低，他也不听。后来，他干脆赋闲在家，无所事事，让全家人都为他发愁。一段时间后，他突然成天骑着一辆破三轮车，在老街四处转悠，在各个垃圾桶里翻来翻去，在别人丢弃的废物里找寻搜索，捡出一些破烂带回家。

王家人嫌他不务正业，丢了家里的脸面，厌恶他的破烂把家里搞得乌烟瘴气，一气之下将他赶出家门，把他的破烂全部扔到了屋外。小王宝贝似的一样样捡回来，一车车拖到了老屋里。

老屋在老街中心，是小王祖母生前的旧居，祖母去世后，一直闲置着。他在木板上雕刻了"草庐"二字，悬挂在老屋大门正上方。从此，他住在老屋里，除了捡破烂，每天在老屋里与破烂为伴。渐渐地，破烂堆满了整间老屋。

小王由原来大家眼里的天之骄子变成了反面教材。有街坊好心劝他："你读了这么多书，去大公司做个白领多好啊！或者自己创业做点什么，捡破烂太浪费人才了。"他淡淡一笑，不作回应，依然如故。久而久之，街坊们也懒得劝他了，大家背地里给他取了个绰号叫"破烂王"。

老街历史悠久，保留着许多旧时的建筑，偶尔，有影视剧组来此取景。这天，大导演陈风带着拍摄团队来老街采风。陈风正在筹拍电影《古街秘史》，影片计划到古街取景，他们先行来考察。

经过"草庐"时，陈风停下脚步。"诸葛亮居住之地称'草庐'，陶渊明说'草庐寄穷巷，甘以辞华轩'，不知这间'草庐'里，住着什么高人？"陈风好奇道。

陈风一行人推开大门，看到满屋子堆得像小山似的破烂，破烂王正坐在一片狭小的空地上，擦拭着一个旧花瓶。

"这里真是别有洞天，一屋子的宝贝啊！"陈风像发现新大陆似的，两眼发光，发出一声声喜悦的惊叹。

破烂王起身相迎，高兴地说："你是第一个光顾草庐的客人，这些物件，别人都说是破烂，不屑一顾，只有你说是宝贝！"

陈风像游鱼一样在破烂堆里穿梭，摸摸这个，看看那个，好不兴奋。陈风看到一个红木梳妆台，说："这雕花和做工，应该是清朝的！但这个镜子……"

陈风把脸贴近镜子，上上下下地看，摸了又摸，凝神思索了好一会儿，说："我看着像清朝的，但又不敢确定。"

破烂王竖起大拇指，说："您真是识货的行家啊！这梳妆台是我在垃圾堆里捡来的，估计人家嫌它太旧太老了，镜子也破了，就丢了，我修补好，从一位老人家里要了块旧镜子装上去，然后对整体进行了做旧处理。"

陈风又看到一个陶瓷大碗，说："这碗底的鱼戏莲叶图颇有明代宫廷画之风。"

破烂王说："好眼力，这碗是明代隆庆年间的，是我从别人丢弃的废物里找来的，碗底裂了道缝，但碗底有游鱼的花纹，特别漂亮，我就在裂缝上画上荷叶，裂缝就隐而不见了。"

陈风啧啧称赞："你这小伙子不仅懂历史，还有一手旧物修复的好手艺！"

破烂王说："我学的是考古，也算是学以致用吧，变废为宝，化腐朽为神奇，是我最快乐的事情。"

陈风说："我的电影即将开拍，你这里很多东西都可以租给我们剧组做道具。还有，这个祖母绿的旧台灯，很有老上海的风情，这个花梨木相框，也很精致，你都要卖给我啊。"

破烂王激动地说："好物遇上识货之人，三生有幸！这个台灯，捡来时只有一个灯罩，是民国的，我翻阅了很多当时史料图片，用铜仿制了一个灯座。这个相框，是用捡来的木床横梁做的。"

那天，陈风买走了破烂王的好几件物品。陈风的随行人员也淘到了各自心仪的东西。

从那以后，草庐时常有人慕名光顾，有来参观的，有来淘宝的，有来拍照的。破烂王热情地迎来送往，不厌其烦地给他们讲解这些旧物的历史和故事。

半年后，陈风的电影《古街秘史》上映，片中精良考究的道具让整部电影锦上添花，一时之间传为佳话，破烂王的名声也不胫而走。

在破烂王等人的奔走和呼吁下，政府决定改造老街，破烂王成为改造小组的成员，积极为改造出谋划策。老街经过修缮和保护，焕然一新，散发着古色古香的风韵，吸引了很多游客前来观光。

这天，在文化部门的组织下，一场名为"穿越历史"的旧物展在老街隆重举行，破烂王那些稀奇古怪的旧物一一展示在人们面前，吸引无数人前来观展。破烂王告诉大家，老街的一砖一瓦都是历史，一梁一栋都是珍宝，大家要珍惜和爱护。

黄昏时分，展览结束，破烂王正在收拾旧物，听到身后时断时续的脚步声，他回头，看见父母站在路灯下，不好意思地看向他，欲言又止。

"我们刚好经过这里，顺便来看看……"母亲说。

"爸，妈！"破烂王叫了一声，眼睛里涌上一层泪花。父母不语，帮他把旧物一件件收拾好，打包，装上车。然后，一家人往家的方向走去。

"原来老街里藏着这么多宝贝啊，破烂王这小子一点也不傻，精着呢！"现在，老街人看到破烂王骑着三轮车四处转悠，免不了在背后好一阵夸赞。

（原载 2023 年 5 月 12 日《羊城晚报》）

第一辑　群像斑斓

◀ 老洋楼花匠

    老城，繁茂葱茏的林荫道旁，遒劲苍翠的古榕树深处，掩映着一栋老洋楼，楼有三层，红砖黑瓦，始建于民国时期，欧式风格，古朴典雅。鲜花和藤蔓把院墙晕染得五颜斑斓，青枝绿叶摇曳着盈盈绿意，从高高的院墙内蔓延出来。宏伟的雕花铁门上，爬满了盛放的姹紫嫣红。院内，常年花团锦簇，草色青青，树影婆娑，佳果飘香，成为城中盛景。

    老洋房的花匠叫柳榆，在老洋房工作了一辈子，未娶妻室，无儿无女，成天与花草树木为伴，乐此不疲。闲暇时，他会在院里的枣树下乘凉，发呆。

    老洋房的主人秦先生是城中名流，膝下只有一女玉竹。

    有一年，秦先生见柳榆年迈，意欲换位年轻花匠，却不好意思开口，见柳榆在院里采摘桃子，拿起一个啃了口吐出来，说：桃树老了，桃也老了，都老了……柳榆听出弦外之音，留下一纸辞职书，悄然离开了老洋楼。

柳榆走后，花园的花草树木变得死气沉沉，枯的枯，蔫的蔫，秦先生聘请的新花匠，使尽浑身解数，也未能令花草回春。

秦先生四处寻找柳榆，在柳榆乡下老家找到了他。秦先生说，姜还是老的辣，我特意登门请您回去。

柳榆不动声色，依旧摆弄着手里的兰花。

秦先生说，您不回，院里的花草恐怕没得救了。

柳榆一听，立马慌了神，二话不说，提起行李就钻进秦先生的车。

回到老洋楼，看着那些没精打采的花草，柳榆心疼得眼泪直流。那几天，他衣不解带，日夜在院里忙活，几天后，所有花草奇迹般地恢复了光彩。

玉竹惊讶，柳爷爷，看来，老洋房的花草只认您。

柳榆说，草木有心，最懂感恩，你对它们好，它们会给你花香、树荫、绿意和果实。

玉竹大学毕业后，到秦先生经营的干货加工厂实习，她策划了一次大型晒秋活动，准备择一晴好日子，将加工厂的干货盛装于精美器具，集中置放于广场上展示，届时邀请客户参加，吸引他们选购下单。

活动当日，玉竹安排大货车把干货运到广场，正准备分装晾晒，柳榆气喘吁吁赶过来了。小姐，快下大雨了，赶紧取消活动。

玉竹抬头看看天，艳阳高照，晴空万里，说，天气很好啊，这几天，我一直关注天气预报，说今天是晴天。

柳榆说，小姐，真有雨。

玉竹依然不信。柳榆说，再等十分钟，如果不下雨，你们再晒也不迟。玉竹点头应允。

不出柳榆所料，几分钟后，老天爷的脸瞬间晴转阴，下起了倾盆大雨。玉竹长吁一口气，幸亏柳榆及时赶来劝阻，所有干货还未晾晒，要不然损失惨重。

玉竹好奇，柳爷爷会预测天气？

柳榆神秘地说，是院里的南瓜藤和韭莲亲口告诉我的。

玉竹说，它们会说话？您老别逗我了。

柳榆说，与它们朝夕相处，已处成了朋友，它们的习性和语言，我懂。

那它们说什么？

柳榆笑道，南瓜藤平时都是顶端朝下，下大雨前，它就顶端朝上了，韭莲在风雨来临前，才会群花盛开。

玉竹心想这老头真神了，不禁对他生出几分敬意来，突然对植物有了极浓的兴趣和好奇。从那后，她经常跟在柳榆身后，看他侍弄花草。

柳榆九十岁那年的一天，一向硬朗的他忽感身体不适，玉竹要送他去医院，他不肯，他说，人如草木，终有一天要归为尘土，我该走了。

柳榆从他房间取出一个破旧的牛皮笔记本和一个存折，交到给玉竹手里。小姐，看得出来，你是个怜花惜草的人，这本子里是我一辈子琢磨出来的心血，园子的花草怎么照料，什么时候浇水，什么时候施肥，什么时候松土，什么花喜光，什么花喜阴，里面写得一清二楚。这存折是东家给我的薪水，我一个人，没怎么用，都交给你，用它们买花肥吧！

柳榆让玉竹把他扶到院里，他在枣树下坐下，说，等我死了，把我的骨灰撒在枣树下。

玉竹心生伤感，柳爷爷，我给你买块墓地。

不，我就想长眠于枣树下。

枣树有故事吧？

柳榆久久凝视着枣树，说，还没做花匠前，我就认识这棵枣树了，看到它，我会想起一个人。

谁？

你的爷爷秦老爷。

往事历历，跃然柳榆眼前。

民国末年，柳榆十二岁，父母在一场瘟疫中相继死去，他来城里乞讨，经过老洋楼，看到院里的枣树挂满了红彤彤的果子，就偷偷翻院墙进来，折断枣树树枝，打下满地枣子，吃起来。老洋楼的主人秦老爷发现了，并未驱赶斥责，冲他亲切一笑，问他，你站在哪儿？

枣树下。

你吃的什么？

枣子。

你听听。

柳榆听见风把枣树叶子吹得"哗哗"响。秦老爷说，你看，枣树的每片叶子都在动，那是它们在舞蹈，它们在向你致意呢！

柳榆离开时，秦老爷给了他一大包吃食，又给了些钱。他回到乡下，用秦老爷给的钱购买了花草苗木种植，以贩卖花草为生，小生意做得还不错。几年后，他特意来老洋房去拜访秦老爷，想感谢他当年的恩情，来到门口，守门人告诉他秦老爷已离世。

柳榆呆立门前，悲痛不已，他窥见院里的花草无人照料，黯淡无光，便毛遂自荐留下来做花匠，他知道，秦老爷最珍爱园里的花草树木了。

柳榆讲完往事，颤巍巍起身，怜爱地环视着院中的花草，说，小姐，今后，这些花草就交给你了。

三天后，柳榆安详地离开了。

玉竹遵从他的遗愿，将他的骨灰撒在了枣树下。第二天，那棵枣树开满了淡黄的花朵，朵朵小花上，缀满了水珠，宛如串串泪珠……

（原载 2021 年 4 月《长安文学》）

第二辑

岁月留痕

◀ 小巷深深

老街的清晨，阳光穿过古榕树的枝叶，照在地上明晃晃的，像撒了一地碎玻璃。

她披着一身阳光，提着一份肠粉和一杯豆浆，钻进路边的小巷。幽深狭小的长巷生长着许多寂静挺拔的古榕树，葱茏的绿意中，掩映着一间沧桑的老屋。

她用钥匙打开斑驳的木门，鱼儿般闪进屋内。

里屋卧室，老太太躺在床上安详熟睡。她静坐在一旁的椅子上，看着老太太，像母亲凝望着熟睡的婴孩。

窗外，古榕树上的鸟儿突然唱起歌儿。在清脆欢快的鸟鸣声中，老太太缓缓睁开双眼，看到她，脸上的皱纹如柔波舒展，轻声说："来了？"

"来了。"她答道，起身给老太太披上外套。

她给老太太梳头，一头银发梳得光亮整齐，在脑后绾起一个高高的发髻。她打来热水，把老太太的脸擦拭干净，拿起镜子对着老太太照，笑道："看，多好看多精神啊。"望着老太太，她有点晃神，仿佛一下子穿越回到四十年前。

那年，她刚满 12 岁。初夏的一天，她和堂姐挑着荔枝进城卖。天没亮就出发，走了几个小时，终于从乡下来到老街。布满破洞的布鞋里，她的双脚磨破了皮，但城里的一切都令她感到新鲜，使她忘却了辛苦和累。她像刘姥姥闯进大观园，这里看那里瞧。老街很热闹，各种小店林立，来往的行人像潮水一样多，不时有人骑着自行车从街道快速驶过，留下"叮叮当当"的铃声。

她们坐在街边，面前竹筐里的荔枝新鲜水灵，很快被人们一抢而光。数了数卖荔枝的钱，整整有 3 块多——她从来没有见过那么多的钱，小心翼翼地把钱装进上衣口袋里。

堂姐去买日用品，让她在原地等。她挑着空竹筐站在那里，古榕树吹来的风伴随着诱人的香气朝她扑来。一个上午水米未进，她已饿得饥肠辘辘，那香气像一双充满魔力的手，用力牵扯着她向前走，走到一家名为"明月"的肠粉店门口。

店里的录音机飘出清甜的歌声："甜蜜蜜，你笑得甜蜜蜜，好像花儿开在春风里……"门口，一对夫妻麻利地忙活着，男人蒸肠粉、磨豆浆，女人将肠粉和豆浆端给店里的食客。女人身穿米色衬衫，乌亮的头发在脑后绾成一个高高的发髻，像一朵朴素纯净的小花，摇曳在秋野里。门前，一个与她年龄相仿的小姑娘坐在古榕树的绿荫下，认真地写着作业。

她眼巴巴地朝店里张望，口水不受控制地往外冒。她从口袋里掏出钱，犹豫了一下，又放回去。家里穷，一家人都指望着这些钱，她一分钱也舍不得用。

她感到有缕目光朝她而来，抬头，女人朝她一笑。那笑，让她想到初春穿过柳枝的阳光。女人走过来抓起她的小手，把她拉进店里，推到桌子边坐下。她惊慌起身要离开，女人把她按在座位上。"小姑娘，我请你吃肠粉喝豆浆。"女人的声音像山里的清泉一样轻柔。她的脸一红，坐着没动，她太饿了，这一刻，没什么比热气腾腾的食物更具吸引力了。

女人将一盘肠粉和一碗豆浆端到她面前，晶莹剔透的肠粉裹着鸡蛋和肉末，乳白色的豆浆闪耀着牛奶般的光泽。她拿起筷子大口吃起来，丝毫不顾及任何形象。女人温柔地看着她吃，笑道："肠粉配豆浆，吃了满嘴香。"软嫩的肠粉入口，鲜美的酱汁缠绕在唇齿间，配上一口散发着浓郁豆香的豆浆，那美味简直无法用语言形容。热乎乎的食物入肚，她的身体仿佛注入了神奇的力量，浑身舒坦，活力满满。

女人似乎想到什么，快步走出去，一溜烟钻进旁边的小巷。很快，女人拿着一双布鞋走进来。那是一双崭新的手工布鞋，针脚细密，千层底，黑色灯芯绒鞋面，鞋头绣着两只翩翩起舞的紫蝴蝶。女人蹲下身，脱掉她脚上布满破洞的旧布鞋，套上新布鞋。鞋不大不小，仿佛为她定做一般。看着她脚上的鞋，女人露出满意的笑，说："这是给我女儿做的新鞋子，你穿吧，我再给她做。"新布鞋柔软舒适，穿在脚上，她感觉一脚便踏进了春天的绿茵里。

几年后，她考上城里的高中，每次经过老街，都会特意绕到明月肠粉店门口，偷偷朝里面看几眼，但她从未进去过。对于一个穷学生来说，进小吃店吃东西是奢侈的。

后来，她参加工作了，只要来老街，都会走进明月肠粉店，点一份肠粉和豆浆享用。女人从没认出她来，毕竟，女人每天要面对很多食客，而她，只是众多食客中的一个。时光飞驰，她见证着岁月将女人的青丝涂染得一片雪白，看着岁月在女人脸上雕刻出一道道深深的纹路。

去年，她去老街时，发现明月肠粉店已经变为奶茶店。向周围人打听，得知女人的丈夫前段时间去世了，女人把店转了出去。女人去女儿工作的大城市生活了一段时间，不习惯，又回来了，独自在老屋生活。

她打听到女人的住址，走进深深的小巷，敲响女人的家门。门开了，老太太陌生地看着她，问："你是？"看着老太太，泪雾迷蒙了她的双眼。她没说话，从包里拿出一双旧布鞋，黑色的灯芯绒鞋面已发白，鞋头的蝴蝶也褪色脱线了。看着那双布鞋，老太太身子一震，浑浊的眸子里突然闪起了光。

从此，她经常来老街看老太太，老太太便把家里的一把钥匙给了她。

她扶着老太太坐下，将肠粉和豆浆端到她面前，笑着说："肠粉配豆浆，吃了满嘴香。"她打开手机音乐，歌声传来："甜蜜蜜，你笑得甜蜜蜜，好像花儿开在春风里……"

老太太停下手里的筷子，徐徐望向窗外那深深的小巷。

（原载 2024 年 6 月 17 日《文艺报》，2024 年 8 期《微型小说月报》转载）

◀ 照相馆

　　"旧时光照相馆"由阿根的爷爷创建。阿根的爷爷从前是清廷御用照相师，清朝瓦解后，阿根的爷爷回乡创办了小城首个照相馆。

　　后来，阿根的父亲老树接手照相馆。阿根打小看着父亲照相，耳濡目染，但他没想过以照相为生。真正让阿根对照相产生兴趣，源于一张相片。

　　那年初夏。阿根坐在照相馆发呆，一个姑娘突然飘进来，她穿着花裙子，扎着两条麻花辫，她像一道明晃晃的光，把整个照相馆照亮了。

　　今天我二十岁生日，来照张相。姑娘一笑，两个小酒窝跃然脸颊。阿根看呆了。

　　老树瞥了阿根几眼，说，我有点累，你帮姑娘照吧！

　　姑娘站在背景墙前，阿根扛着相机，来来回回走个不停，只为捕捉到姑娘最美的角度。

镜头前,姑娘笑容如清风朗月。镜头后,阿根紧张得满头汗珠。

"咔",阿根生平第一次按下相机快门,拍下人生第一张相片。十天后来取相片,阿根说。

那十天,是阿根生命中最漫长的十天。

十天后,姑娘来了。她拿起相片,小嘴笑得像弯月。看你呆呆的,相照得不错!

阿根脸一红,一句话也说不出来。

姑娘不意瞟见橱窗的相片,仔细一瞧,尖叫起来,啊,这相片!

阿根走过来,顺着姑娘的目光,看到一张相片:古榕树下,小女孩和小男孩在踢毽子,两张小脸上笑得像两朵花。小女孩嘴角有两个小酒窝,小男孩一笑,刚掉大门牙的嘴巴光秃秃的。

这小女孩是我!姑娘盈盈一笑。

小男孩……是我。阿根腼腆地说。

原来是你!两人异口同声道。

他们想起了十五年前的那个夏天。小女孩被父亲带来照相。照完相,小女孩和阿根在门前榕树下踢毽子,两人玩得兴高采烈,老树给他们偷拍了一张,相片洗出来放进橱窗,金童玉女似的一对小人儿,纯真美好,吸引了很多家长带着孩子来照相。

后来,姑娘成为阿根的老婆。

阿根没想到,一张小小的相片竟有这么大的魔力,不仅能找回曾经的记忆,还能成就了一段姻缘。

他热烈而疯狂地爱上照相,如饥似渴地跟着父亲学习,钻研拍摄技巧。他发现,相机里潜藏着另一个神奇的世界。

老树终于放心地把照相馆交给阿根打理。

无论顾客身份高低，阿根都热情地迎来送往。第一个月，他只照了三张。第二个月，他照了十张。第三个月，他照了五十张。阿根手艺好，价格也公道，渐渐地，很多人慕名来找他照相。

照相馆全年无休。春节，所有的店铺关张，照相馆照常营业。阿根知道，这个合家团聚的日子，很多人都想拍张全家福。

一年春节，一个女人带着两个男孩走进照相馆，三人衣衫褴褛，浑身脏兮兮的。

老板，帮我们照张全家福。女人面容憔悴，脸上挂有泪痕。

阿根打来热水，让三人洗了脸。他挑了刚买的道具服装让三人换上，给女人化了妆，给孩子们梳了头发。

母子三人穿戴一新，顿时精神了许多。

拍完照，女人和孩子准备换衣服。阿根说，衣服都是马上要淘汰丢掉的，如果你们不嫌弃，就穿走吧！

太谢谢老板了！女人拉着孩子给阿根鞠躬。

阿根从火炉里拿来三个热气腾腾的烤红薯，递给他们。新年好，一切都会好起来的！他对母子三人说。女人不禁淌下两行热泪。

阿根送三人走出照相馆，目送着他们走进夜色，消失在茫茫白雪里。

五天后，女人来取相片。多少钱？

五毛钱，阿根说了一个连成本都不够的价格。

女人看着相片，露出一丝笑容。照得真好！我马上寄给孩他爸，他看到一定会很欣慰。

孩子们的爸爸不在身边？阿根好心地问。

女人叹了口气，说，他在很远很远的地方，很多年以后才回来。

从那以后，每年春节，母子三人都会来照相，无论多晚，阿根都会等他们。

近年来，手机、数码相机普及了，照相馆的生意依旧红火，除了忠实老顾客多，还有一些公家单位请阿根拍活动集体照。阿根忙不过来，带了三个徒弟，他的一双儿女也跟他学照相。

阿根照的合影，即使合影者成百上千，每个人的表情都是自然的，无一人是闭眼睛的。阿根传授徒弟经验：照相不能偷懒，尤其是合影，至少要拍十张以上底片，检查底片时，逐一观察每个人的脸，发现有人闭眼或表情不好，就选其他底片里完好的脸，修到相片中，力求每位合影者都完美。

而今，阿根已过七十岁，儿女和徒弟希望他退休安享晚年，他总说，再等等，我还有一张相片没照。

今年春节，母子三人又来到照相馆，不同的是，这次，女人的男人也来了。

女人的状态明显比以前多了很多，在交谈中得知，她两个儿子大学毕业参加了工作，家里的日子也好过了。阿根打心底里替他们高兴。

一家四口紧紧坐在一起，幸福地笑着。阿根给他们拍了一张真正的全家福。

第二天，女人的男人来取相片。

男人手捧着大大的全家福，对阿根说，二十年前，我犯事坐牢了，你给他们照的那些相片，让我熬过了一年又一年，熬到了今天，一家团圆，我很感激你！

男人走后，阿根把相机交给徒弟和儿女，轻松地叹口气说，现在，我终于可以退休了。

阿根带着老婆，带着相机，带着行李，外出旅游照相去了。

（《照相馆》发表于2021年3月上半月刊《小小说月刊》，2021年22期《小小说选刊》转载，2021年10月18日《河源日报》转载，入选年选《2021中国年度微型小说》（漓江出版社），入选年选《2021年中国微型小说精选》（长江文艺出版社））

◀ 做 头

电视台播了条寻人启事。女老板寻子，其子现年 25 岁，嘴角有颗黑痣。女老板承诺 100 万酬谢收养儿子的人家。

老街顿时炸开了锅。女老板寻找的儿子分明是剃头李家的连合啊！连合正好 25 岁，嘴角还有颗痣。这下剃头李要发财了。街坊们议论纷纷。

老街的老人还记得 25 年前的事。那年，剃头李抱回一个男婴，说是捡来的。剃头李给男婴取名连合，待他如亲生。剃头李手艺好，为人实诚，不少人给他张罗对象，他全推了，说是怕结婚后婆娘嫌弃孩子。剃头李节衣缩食供连合念完了大学，还在当地谋了份好差事。

风言风语传到连合耳朵里，他跑回来问剃头李，爹，他们说我是捡来的，说我亲娘在找我。

剃头李沉默半晌，拿起烟袋吧嗒吧嗒吸了几口，说，他们说得没错。

我不认，这世上，我就您一个亲人。

血浓于水，你得认。

以前狠心抛弃我，我长大了，又来认我，哪有这样的事儿？

世上没有不爱儿的娘，她一定有迫不得已的苦衷。

爹，我不想认。

连合，亲娘必须得认。

您逼我认，不会想得 100 万酬金吧？连合没好气。

告诉你，那些钱，我一个子儿也不要。"咚"地一声，剃头李把烟袋扔在桌上，气呼呼走了，走了几步，回头撂下狠话。你不认亲娘，就别回来了。

连合和女老板见了面。女老板举手投足透着优雅和贵气，上上下下打量了连合一番，连连点头。孩子，你是我的孩子，和我年轻时长得一个样。她指指连合嘴角的痣，又指指她嘴角的痣。这是遗传，你一生下来，嘴角就有这颗痣。女人激动地挨着连合坐下来。

女人伸出手，去摸连合的脸。连合偏过头去。孩子，你还在恨我？女人悲伤地瞅着连合。

当年抛弃我，现在又何必回来？连合冷冰冰的。

女人的眸子涌上一层薄薄的水雾，声音伤感得像潮湿的夜风。那年，我十八岁，在裁缝铺跟师傅学做衣服，我每天都想离开那条破旧的老街，去外面看看。一个香港老板来店里做西服，一来二去，我们就好了，他说要带我去香港，说那里多么大多么繁华，他还说要给我开一间很大的服装店，我相信他了，每天都憧憬着美好的未来。后来，我怀了他的孩子，在我快要临产时，他突然不见了，我到处找他，有人说他回香港了，再也不回来了。

我连自己都养活不了，没有勇气再养一个孩子，生下你后，我把你放在街上，我躲在树后，看到有人把你抱走了，我才离开。我去了上海，那些日子我过得生不如死，我暗自庆幸，幸好我没有把你带在身边，要不然你早就饿死了。这些年，我不要命地工作，我想赚够了钱就回来找你。现在，我能让你过上像样的日子了，所以，我回来了。

孩子，能叫我一声娘吗？一声就好。女人眼睛含泪，满含期盼地望着连合。

连合心如刀绞，轻颤着唤了一声，娘！

女人紧紧抱着连合，哭得梨花带雨。孩子，我要见你的养父母，我要好好感谢他们。

回到老街，连合跟剃头李说，我娘要见你，说要感谢你。

不必了！剃头李斩钉截铁。收养你是我自愿的，我不需要任何感谢。

连合把剃头李的意思转告给了女人，女人说，他不要感谢，我更应该登门感谢啊！

女人跟着连合来到老街，来到剃头李的家。女人看到剃头李，顿时呆住了。做头的，是你？

剃头李看了女人一眼，是我，清荷。

是你收养了我儿子？我明明看到一个女人抱走了啊！

你被香港人骗了后，我怕你出事，每天偷偷跟在你后面，远远地看着你。那天，我看到你把孩子扔在街上，就叫我表嫂抱回来给了我，我怕你知道是我捡的，心里更难受。

25年前，清荷是老街的一枝花，她时常来剃头李的美发店做头。剃头李第一眼见到她就喜欢上了。每次她来店里做头，剃头李都给他做时下最流行的发型。清荷笑剃头李，做头的，要是你能一辈子能给我做头就好了。剃头李说，只要你愿意，我一辈子给你做头，免费的。清荷笑得花枝乱颤，用力捶了剃头李一拳，傻子，你想得美！剃头李的脸就红了。

清荷，我知道你会回来的，因为这里有你的孩子。

外面的世界很大很繁华，却始终比不上这里。很多东西只有在最后才能发现它的好。

知道我为什么给孩子取名连合吗？连合，念荷，怀念清荷。

清荷眼波盈盈。做头的，你好久没有给我做过头了。

要是不嫌弃，我现在就给你做。

清荷坐下来。做头的，年轻时，你说的那些话还当真吗？

剃头李用梳子挑起清荷的头发，说，只要你愿意，我一辈子给你做头，免费的。

做头的，你还像当年一样傻。清荷笑着捶了剃头李一拳，眼里泪光莹莹。

连合站在两人身后，捂着嘴偷笑。

（原载2018年1月17日"活字纪"，2018年4期《小小说选刊》转载）

◀ 杀年猪

下月八号杀年猪，母亲来电话说。隔着电话，他能感受到母亲滚烫的喜悦。

挂掉电话，他伫立阳台，朝老家方向远眺，杀年猪的那些记忆，如眼前的夜色，浓稠得化不开。

他生在一个小山村，小时候家里穷，一年到头难得吃上几次肉。母亲每年会养一头年猪，杀年猪时，他才能畅快地吃上一顿肉。于是，杀年猪成了他一年到头最盼望的事。

每年年初，有村民的母猪下了猪仔，母亲会精挑细选买一个回来，照料婴儿般精心喂它。那段时间，母亲把玉米磨成细粉，煮成糊，撒上盐，喂给猪仔吃。几个月后，小猪仔慢慢长大，牙口也发育好了，母亲就去野外打猪草给它吃，嫩油油的黄花草、紫云英是最好的猪草。到了八九月份，家里的玉米收获了，玉米面就成了猪的主食。寒冬，红薯正当季，猪每天可以吃上新鲜的薯苗和香甜的红薯了。

临近年关，母亲辛苦喂养了将近一年的猪圆润饱满，膘肥体壮。那段时间，母亲经常翻看着农历，看哪天日子好，准备在这天宰杀年猪。

母亲选好"黄道吉日"，亲自上门去请杀猪师傅，他们叫"杀猪佬"。村里有三个杀猪佬，都是村里身强体健、勤快能干的壮年。他家每年杀年猪都请胜叔，胜叔不仅手艺好，还不浪费肉，村民说他"连一滴血都不会糟蹋"。

还要请几个年轻人给杀猪佬做帮手，村人称为"扶杂的"。他家每次杀猪都会请玖哥和兵哥，他们手脚灵活，干活利索，深得村人的喜爱。

杀猪的前一天晚上，他总是兴奋得睡不着觉。第二天天未亮，他就起床了。母亲一早在厨房烧开水，等会儿杀猪时烫猪要用。他就坐在灶台前帮忙添柴加火。

天刚亮，胜叔用长扁担挑着两个担子风风火火赶来了。担子里，是擦得油光水亮的刀、刨、挂钩等杀猪工具。玖哥和兵哥也相继进门。

父亲将两个长条板凳搬到门前的空地上，凳子上放置一块木案板。

一切准备就绪，一行人浩浩荡荡朝猪圈走去。母亲打开猪栏门，胖乎乎的猪仿佛预感到了自己的命运，烦躁不安地在猪栏里四处逃窜。胜叔一个箭步追上去，迅速按住它的头，猪拼命挣扎嚎叫，玖哥和兵哥冲上前，揪尾巴，拽耳朵，抓脚腿，猪动弹不得。这时，胜叔猛地将一根铁钩塞进猪嘴，拉着猪往外拖，猪撕心裂肺大叫着，大家紧跟在猪后面，往外驱赶。

亲朋好友知道他家杀年猪，都赶过来，围在空地上看热闹。

有的抬猪脚，有的抬猪头，大家齐心协力把猪抬上案板侧放着。玖哥和兵哥按住前后猪腿，把猪固定。胜叔捏住猪嘴，把嘴头用力往后扯，露出猪脖子。

母亲在案板下放了个装有盐水的木盆。胜叔拿起细长的尖刀，往猪的喉管处用力一捅，快准稳，猪闷哼了几声没了动静，鲜红的猪血喷涌而出，流进木盆中，这将是等会餐桌上的美味。

猪血流尽，大家用清水将猪冲洗干净。胜叔用刀在猪脚处划开一个小孔，用一根细长的铁棍从孔里插进去，捅向猪的全身，将它的皮层和筋络全部打通。然后，胜叔像吹气球一样，对着小孔用力吹气，不一会儿，猪像气球一样膨胀鼓大起来，胜叔用细绳子将孔扎紧。

大家将吹好的猪抬进一个大木盆里，母亲把热气腾腾的开水一盆盆端过来，淋向猪的全身，猪的皮毛被烫软，胜叔拿起刨子，"刷刷"几下刮去了猪毛。

褪去猪毛的猪圆滚滚，白嫩嫩的，看着就喜人。母亲取出家里的一杆大秤，大家把猪挂在秤钩上，几个人抬起来一秤，足足有三百多斤。大家纷纷向母亲竖起大拇指，母亲脸上露出了欣慰的笑容。在那个年代，谁家的年猪越重，说明这家的女人越贤惠能干。

过秤后，玖哥和兵哥搬来木梯搭在墙上，胜叔把用铁钩子的一边钩住猪脚，大家抬起猪，将钩子的另一边钩住木梯子，整只猪被倒吊在木梯上，胜叔拿刀沿猪肚从上到下划下，又快又准地剖开猪肚，用几根竹棍撑开猪肚，取出内脏，玫哥和兵哥帮忙把猪肠清洗干净。

接着，胜叔操起一把大砍刀挥舞起来，三下五除二，砍掉猪头，把猪身分割成两半。大家把猪从梯子上取下放在案板上，胜叔拿起各种刀具，手起刀落，行云流水。玖哥和兵哥眼明手快，默契配合。他们三人像战场上意气风发的将士，挥洒自如，所向披靡，不一会儿，整只猪被切割成均匀的小块。

母亲把一块块肉装进大木盆，均匀抹上盐，腌制几天后，把肉悬挂在房梁上，用柴火熏制成腊肉，未来的一年里，这些珍贵腊肉就是他们饭桌唯一的荤腥了。

杀完年猪，母亲开始准备饭菜，新鲜猪肉是餐桌上的主角。母亲手巧，不一会儿，一大桌丰盛的饭菜上桌了，葱烧猪血、爆炒猪肝、粉蒸肉、猪肉火锅等，全是平时难得吃到的硬菜。杀猪佬、扶杂的、亲朋好友围坐一起，热热闹闹吃起来，大家尽情吃着肉，大口喝着山里自酿的玉米酒，开心地聊着家长里短，每个人脸上都洋溢着笑容……

杀年猪的场景不断在他脑海里闪现，他的心里仿佛荡漾着一池春水，暖意融融。走出大山，在大城市生活的他，已经很久没有重温杀年猪的快乐了。

七号那天，他向单位请了几天假，驾车十几个小时，风尘仆仆回了家。那晚，他像孩提时代一样，兴奋得一夜未眠。

第二天一早，他就起床了。今天还是胜叔给我们杀年猪吗？

他问母亲。

是啊，村里的杀猪佬老的老，死的死，只剩胜叔一个人了。

他听了有些意外，也有些难过。

胜叔年纪大了，你去接一下他吧。

他来到胜叔家，多年不见，胜叔苍老得他差点没认出来，以前多魁梧健硕的一个人，如今白发苍苍，弯腰驼背，瘦小了很多。

他帮胜叔挑起杀猪工具，两人一前一后出发了。

胜叔走路蹒跚摇晃，像极了风中的残烛，走在他身后，他总害怕他跌倒。胜叔，你该带个徒弟，帮你一起杀猪，他说。

现在这年月，有哪个年轻人愿意学杀猪？村里的年轻人都去外面打工去了，再说，现在也没什么人养年猪了，想吃肉了就去镇上的菜市场买，谁还费这劲？

接胜叔回到家，扶杂的玖哥和兵哥也来了，昔日两个年轻帅气的小伙如今皱纹横生，垂垂老矣，时间真是把刀啊！

他们去猪圈赶猪。胜叔他们年岁大了，手脚不如从前灵敏了，几个人追着猪跑了半天，累了一身臭汗，总算把猪逮住了，大家费了九牛二虎之力，把猪抬上了案板。

或许是年岁大了，胜叔握杀猪刀的手有些颤抖，每刀下去，都显得力不从心，无法刀刀到位。玖哥和兵哥行动也有些缓慢和吃力。他们像从前驰骋沙场的将士，到了垂暮之年，纵有满腔斗志，却再也不能潇洒自如地挥刀舞枪了。

年猪杀完已经是黄昏时分，大家饿得前胸贴后背。母亲急急忙忙做了饭菜招待大家。

饭桌上，胜叔抿了口酒说，杀完你们家的年猪，我就不杀猪了。说着，他转头看看一旁的杀猪工具。这些家活什，再也用不上咯！明亮的灯光下，胜叔的眼圈发红，眼神里写着眷恋和无奈。

玖哥和兵哥相视一笑，脸上泛起了苦涩的笑，明年，咱们也清闲了。

吃完杀猪饭，他把胜叔、玖哥、兵哥一个个送回了家。回到家，已是夜半时分。

看样子，明年养不了年猪了，唉！母亲说着，发出一声长长的叹息。

母亲的叹息声伴随着窗外吹进来的寒风，吹到他脸上，也吹进他心里，他的心泛起一丝凉凉的伤感……

（原载 2023 年 4 月 2 日《宝安日报》）

◀ 合 影

我仿佛西风中一朵枯萎的花，随时准备凋落。

住在安宁病房里的病人，都是即将与这个世界告别的人。然而，我并不恐惧。在我心中，人的一生就是一趟单程列车，我只是即将到达终点站。我会在那里静静等候他来与我团聚。

我拿起泛黄的旧相册，慢慢翻开。它陪伴我走过了近六十年光阴，里面装满了我和他逝去的时光。

第一张照片——

那年我刚满十七岁，和其他知青坐了三天三夜的火车，来到一个偏僻的村庄。

吃着难以下咽的苞谷饭，住着低矮潮湿的黄泥房，每天有干不完的农活，尽管村民们都善良热情，我仍然很不适应。

一个午后，收完地里的苞谷，我筋疲力尽地坐在屋里暗自抹泪。他突然走过来，递给我一块西瓜。西瓜很甜，一直甜到我心里，而他的笑容更像一缕温柔清新的风，吹进我心里。

半年后，我们去镇上赶集，在照相馆拍下了我们的第一张合影。几天后，我们去取照片时，他买下这个相册送给我，说：希望这个相册把你最美好的回忆留下来。我羞涩地纠正他：不是我，而是我们。

我把我们的合影装进相册。照片中的我们，瘦削的脸上溢满青春的气息，像春日枝头两粒蓬勃葱茏的芽苞。

第二张照片——

我们返城了。我在一所小学做老师，他接替父母的班，进了工厂做钳工。我的父母坚决不同意我们在一起，认为两家悬殊太大。可我在一个春天，偷出户口本，和他去照相馆照了张结婚照，去领了结婚证。父母得知后，气得要和我断绝关系。

我和他在外面租了房子，房子小得仅容得下一张小床。我们的新婚生活很艰苦，但很甜蜜。

这张结婚照当时被我放在床头。相片里，我们的脸上都泛着幸福的光晕，像阳光下初绽的两朵花，闪闪发光。

第三张照片——

结婚的第七年。他被提拔为车间主任，我们有了属于自己的房子。生活正朝着好的方向走，可激情也被柴米油盐和孩子的哭闹声冲淡了。

一天，我家访后经过他的工厂，在门口的小卖部等他下班。下班时分，他和一个女人有说有笑地走出来，他的脸上荡漾着轻松而明亮的笑，那是我许久没见过的。我的心一阵刺痛。

我没有走上前，也没告诉他我去找过他。我只是开始不断埋怨他不关心家庭和孩子。他说工作太忙了，我说他肯定是看上外面的女人了，他说我无理取闹……

我们开始用最恶毒的话语斥责对方,一气之下,我随手把相册扔在地上,相册的绒面裂开一道长长的口子。以后的几天,我们谁也不理谁。

三天后,他拿着相册去外面镶了一块新的绒面,重新放在床头。他对我说,我们好久没拍照了,去拍一张合影吧。看着那个修复好的相册,我点点头。我们重归于好,就像这次争吵从未发生过一样。

那张合影,我们的脸色平静柔和,像雨后枝头两片碧绿清透的绿叶。

第四张照片——

他下岗了。上有老,下有小,日子越过越窘迫。半年后,一个朋友介绍他去南方一家造船厂做钳工,他想也没想就答应了。

他走的那天,我送他去车站。一路上,我们都沉默着,脚步沉重。经过一家照相馆,我打破沉默,说,咱们照张相吧。

照片中的我们,神色难掩茫然与失落,像经受风霜摧残后的两朵花,憔悴而疲惫。

第五张照片——

他返乡了。因为他经验丰富,家乡一家外企聘请他做维修部技术主管。我们搬进了新房,儿子也考上了理想的大学。日子越过越红火。

中秋节,我们一家在外面的小饭馆吃了顿饭。儿子用刚买的数码相机给我们拍了张照片。照片上的我们,脸上涌动着苦尽甘来的兴奋和喜悦,像深秋的两片红叶。

第六张照片——

退休后，我们去了一直想去的那座古城。吃美食，逛夜市，看灯光秀，我们还请导游给我们拍了很多合影。

回家后，我选出最喜欢的一张照片洗出来放进相册。照片上的我们笑得皱纹都开了花。

三年前，他患上老年痴呆症，时而清醒时而糊涂，我的身体也是一天不如一天。经过考虑，我们住进了养老院。

年初，我被查出肿瘤晚期，医生说我时日不长。在生命倒计时的日子，我被送进安宁病房。我们在同一座城市，相隔不远，却再也不能见面了。

儿子来看我，见我在翻看相册，笑道：又想我老爸了？我点点头。

儿子当天就去了养老院看爸爸，还打视频电话给我。镜头里的他，认不出我，一个劲儿问我是谁？当我说出名字时，他脸色一震，然后笑起来，不停地呼唤我的小名。我知道，那一刻他是清醒的。

儿子再来时，拿出为他拍的照片给我看。拿着照片，我笑起来。儿子把这一幕拍下来。

几天后，儿子拿来一张照片，说：妈，我把你俩的照片做成合影了。那张照片里，我和他并肩坐在床上，像老树上两根纠缠在一起的枯藤。

我把照片放进相册。我知道，这是我们最后一张合影了。

（原载 2024 年 7 月 10 日《羊城晚报》）

◀ 青花瓷

寒冬，梅姑接到家政公司的通知。当她披着一身雪花，来到雇主家中时，看到了一张熟悉的脸，这是一张经常在电视和报纸上出现的脸。著名舞蹈家叶晚秋近在眼前，梅姑恍若梦中。

屋中陈设雅致考究。红木茶几上，一套青花瓷器泛着玉石般的光泽。青瓷花瓶里，一剪寒梅艳丽如火。青瓷茶壶中，袅袅水雾冉冉漫出。叶晚秋倒了一杯茶给梅姑。请喝茶，刚沏的玫瑰茉莉茶。随后，叶晚秋把一长串钥匙交给梅姑。从今天开始，我家就交给你打理了。

梅姑拿起钥匙，喝几口温热的茶水，心里温暖如春。老师，生活方面，你可有什么讲究？

叶晚秋盈盈一笑。别叫老师，太生分了，叫我晚秋吧。我没什么讲究，就是口味比较清淡。另外，我喜欢喝花茶。语毕，她款款飘进了房间。

梅姑麻利地烧饭，三菜一汤，清爽如画，端上桌。

梅姑喊晚秋吃饭，推开房门，宽敞明亮的舞蹈室呈现眼前。清婉的乐声中，叶晚秋翩翩起舞，宛如春风里摇曳的花儿。梅姑看呆了，半天才回过神来。晚秋，吃饭了！

叶晚秋停下舞蹈，洗手，更衣，上桌吃饭。她吃了几口，连连称赞，好吃！见梅姑站在一旁，说，坐下一起吃啊！

梅姑尴尬一笑，我们有规矩，不能上桌和东家同吃。

我这儿没这规矩，快坐下，趁热吃。叶晚秋把梅姑拉到椅子上。

叶晚秋给梅姑盛饭，夹菜。梅姑，以后我们每天一起吃饭。

梅姑的眼睛悄然湿润了，做家政多年，她第一次被东家叫上饭桌。

饭后，叶晚秋给了梅姑一沓钱，这个月的买菜钱，你拿着。

第二天晚上，梅姑把买菜明细账给叶晚秋看。叶晚秋说，我不看，疑人不用，用人不疑。

每日，梅姑是菜市场最早的客人，她挑最清新的菜，还带着露水。回来时，路经一片田野，梅姑会采一束植物带回来，插在青瓷花瓶里，有时是野菊，有时是狗尾草。

梅姑在图书馆查阅了花茶茶谱，青瓷茶壶里，永远茶香袅绕。天燥，是白菊枸杞茶，寒冬，是桂圆红枣茶，暑天，是洛神柠檬茶。

房间里，收拾得一尘不染。餐桌上，各种菜换着花样轮番登台。

手上没活了，梅姑就看叶晚秋跳舞。除了演出，叶晚秋整天在舞蹈室跳舞。中途休息，梅姑给她端一杯茶，递一条毛巾。

一日，梅姑买菜回来，屋内一片死寂，舞蹈室内，空空如也。找到叶晚秋的卧室，见叶晚秋横躺在床上，泪痕斑驳。叶晚秋身边，笔记本电脑还开着，屏幕上"舞剧临时换角，叶晚秋被人替代"的标题十分醒目，帖子下面，网友的跟帖多达数万条，有的说叶晚秋舞技不佳，有的说她为人恶毒……梅姑看了气得差点吐血，恨不得浑身长满嘴，可以去反驳那些人。

梅姑呼唤叶晚秋，没有反应，急忙背着她下楼，赶去医院。医生说叶晚秋服了大量安眠药，幸好送来及时。

叶晚秋醒了，梅姑带她回到家。叶晚秋不说话，茶饭不思，梅姑寸步不离地守着，不停讲乡下的趣事。那天，趁着叶晚秋睡着了，梅姑连夜回了趟乡下，第二天天未亮，她就赶回来了，叶晚秋还在睡。

梅姑做好早餐，端到叶晚秋床前，说，番薯红豆小米粥，你尝尝。

叶晚秋摇头。梅姑舀了一勺放到叶晚秋嘴边。这些番薯、红豆和小米都是我们乡下自种的，我昨晚特意回去拿来的，熬了四个多小时，新鲜又可口，吃点吧！叶晚秋终于张嘴，吃了一口，几滴泪水落入碗里。梅姑拭去她脸上的泪水，她靠在梅姑肩上，放声大哭。

吃罢早餐，梅姑搀扶叶晚秋到客厅坐。青瓷花瓶里，有一束红果子，鲜红欲滴，似串串红宝石。叶晚秋问，这是什么？

我们乡下的野果，没名字，小时候，我爹从外乡带回它们的种子，撒在路边，很快，它就长出来了，村里人嫌它挡道，肆意践踏它，砍去它的枝，它依然疯狂生长，默默地结出果子，好看又好吃，从那以后，没人糟蹋它了，甚至，还喜欢上了它。

叶知来说，带我去你家乡看看吧！

第二天，梅姑带着叶晚秋来到了乡下，看着那些树啊花啊草啊，叶晚秋突然有了生机，她说，我要排练一个舞蹈，把它们都融进舞中。

回来后，叶晚秋泡在了舞蹈室，没日没夜。梅姑陪在她身边。

晚秋，你刚才跳了垂柳和黄鹂？

梅姑，你看出来了？

垂柳迎风摆，垂柳再弯点，黄鹂飞枝头，翅膀张开些。

梅姑，你的意见太好了，其实，你懂舞蹈。

我哪懂舞啊？只是，这些树啊鸟啊，我太熟悉了。

半年后，叶晚秋的舞蹈《春韵》亮相，获得巨大成功。南方某知名舞团抛来橄榄枝，邀她去做首席舞者。

临别之时，叶晚秋把那套青花瓷器送给了梅姑。她说，梅姑，这座城市里，你是我最不舍的人，这套青花瓷器留给你，不值钱，且当留个纪念。

想起与叶晚秋朝夕相伴的漫长岁月，梅姑泪雨滂沱。

梅姑把青花瓷器带回家，用青瓷茶壶泡茶，用青瓷花瓶插野花。一日，她儿子的朋友看到那套瓷器，惊讶道，这青花瓷看着不一般啊！

梅姑的儿子将信将疑，请来当地博物馆馆长。馆长仔细看了瓷器，说，此乃宋朝景德镇官窑的梅纹青花瓷，价值连城。

梅姑的亲友游说她把青花瓷卖掉。不卖！梅姑斩钉截铁。

为防亲友打青花瓷的主意，梅姑决定在瓷器上制造点"瑕疵"，她找到一位雕刻师，请他在瓷器上刻上东西。听了梅姑和叶晚秋的故事，雕刻师在瓷器上刻了一行小楷：

秋去寒梅寂寂开。

（原载 2021 年 1 期《小说月刊》）

◀ 红酥手

师父召集徒弟开会。

师父是小城极有威望的厨师，尤擅面点制作，他弟子遍天下，目前，在他手下学厨的就有十人。

师父对徒弟们说，夫人六十大寿即到，我将闭关半月，设计一个新菜品作礼物送给她，到时请你们共同品鉴新菜品。

师父德高望重，徒弟们打心眼里敬重他，但对师母，大家喜欢不起来。每次去师父家拜访，全是师父招待。师父端茶递水，给徒弟们做饭，忙里忙外。而师母，穿戴整齐，戴着精致的纱手套，坐在阳台的摇椅上，安逸地听收音机里的越剧，兴起时，还跟着唱上几句。一到冬季，师母就戴上毛绒手套，抱起热水袋，悠闲地窝在沙发上，看戏剧频道。

徒弟们纳闷儿，以师父的能耐，完全可以找个贤惠能干的女人，照顾服侍他，怎么就找了个十指不沾阳春水的主儿呢？更令他们不解的是，师父对师母还挺好，从不说她半句不是。

半月过去，师父走出工作室，一脸阳光灿烂。我设计的新菜品成功了，明天夫人的寿宴上，与你们共见分晓。

第二天，徒弟们带着寿礼，赶到师父家。师母依然在看越剧。厨房大门紧闭，师父正在里面忙活，锅碗瓢盆，叮当作响。徒弟们轮番拍门，要进去给师父帮厨。师父不开门，在里头说，我要亲自动手，给夫人一个惊喜，也给你们一个惊喜。

两个多小时过去，厨房的门终于打开。师父端着热气腾腾的餐盘，喜滋滋出来了。师父把餐盘放到桌子中央，徒弟们好奇地围上去。

师父把师母从沙发上拉过来，推到桌边坐下。老头子，又搞什么名堂？师母笑得合不拢嘴。

师父对徒弟们说，今天夫人六十大寿，感谢你们见证这重要时刻。说着，目光望向师母，夫人，我给你的寿礼，就在这餐盘中。

又做了什么好东西给我吃？我啊，都被你养成肥猪了，师母脸上带着小姑娘的娇嗔。

师父，赶紧揭晓谜底吧，我们都等不及了。徒弟们起哄。

夫人，生日快乐！师父说着，揭开盖子，大家顿时目瞪口呆。盘中，是两只女人手，栩栩如生。一只手白嫩细腻，十指尖尖如嫩笋，美如脂玉。另一只手红肿粗大，满目疮痍，分外丑陋。

太逼真了，跟真手一样。师父用什么食材做的？徒弟们叹为观止。

用面粉做成的，我做了无数次试验，单用面粉颜色太白，不像皮肤。我常用南瓜汁、柠檬汁、胡萝卜汁等汁液调色，都不好。我四处寻找食材，在乡下一个农庄，找到一种老品种的黄辣椒，用它榨汁调色，才达到了理想效果。

师父指向那只丑陋的手。这手，多了风霜和皱纹，是我用巧克力汁一笔笔画出来的，手上的红疮，是用番茄肉沾上去的。所有的材料，全部采用天然食材。两只手里，包着不同的馅。至于是什么，就要请夫人亲自品尝了。

师父在那只嫩手上掰开一块，递给师母。师母放进嘴里，细细咀嚼起来。这味儿太熟悉了，里面有糟溜虾仁、霉干菜、醉鸡肉，都是我家乡绍兴的特产。

师父在那只丑陋的手上揪下一块，递给师母。师母尝尝，说，这里面全是我现在爱吃的，东北的粉条、蘑菇，还有肘子肉。

师父选用食材，真是用心良苦啊！只是，为什么做两只手？徒弟们问。

师父不语，拉起师母的手，取下她的手套，徒弟们惊呆了。这双手，皱纹横生，上面布满了密密麻麻的冻疮。他们一直以为，十指不沾阳春水的师母，拥有一双漂亮的手，和餐盘中那只白嫩的手一样，却没想到，师母的手和餐盘里那只丑陋的手一模一样。

你们一定很奇怪，她的手怎么会是这样？师父说，说来话长。四十多年前，我在市里一个小餐馆做学徒，她从绍兴来东北旅游，到小餐馆吃饭。

师母接过师父的话，说，我点了饺子，他端来一盘五彩饺子，我说，饺子颜色鲜艳，加了色素吧？他说，我做的食物，不添加任何食品添加剂，坚持食物原本的味道。我不信，偷偷跟进厨房，发现他没说谎，他用西瓜汁、墨鱼汁、紫衣菠菜等和面，做成了五鲜饺子。从厨房出来，我一口气吃完整盘饺子，那是我这辈子吃过的最好吃的饺子。后来，我天天去找他，天天吃他做的食物。半年后，我告诉他，我喜欢上他了。

师父说，当时，我没有接受你们的师母，因为我看到了她的那双手，十指纤纤，白嫩如玉，而我的手由于常年做厨，粗糙如树皮，我觉得，我们是两个世界的人。

师母说，后来，我找不到他了，我只好找到他家里，为了他，我什么事情都做得出。

师父说，为了躲她，我去了很远的南方去学艺。当我学成五年回来，回到家，竟然看到她，她如同女主人一般。她的手变得粗糙、沧桑，生满了冻疮，和从前天壤之别。原来，在我学艺的五年，她住进我家，帮我料理家事，一个怕冷的南方人，在寒冷的东北熬了整整五年，洗衣，做饭，种地，侍候我的老母亲。期间，老母亲大病了一场。看着她变得丑陋的双手，我决定娶她，我对她说，以后，你的手要好好保养。

师母说，从此，他不让我干活，给我买了各种手套给我戴，每次我做点什么，他会唠叨半天。

徒弟们听得热泪盈眶。师父，给这道菜取个菜名吧。

叫"红酥手"吧，夫人的同乡陆游写过"红酥手"。

师母念起来：红酥手，黄縢酒，满院春色宫墙柳……念着念着，一脸泪光。

徒弟们说，师父不仅制作了一份特别的贺礼，也给我们很好地上了一课。

（原载 2018 年 5 期《小说月刊》，2018 年 19 期《微型小说选刊》转载，2019 年 7 月下半月《民间故事选刊》转载）

◀ 草根募捐晚会

如同晴天霹雳，老李突患重病的消息在老街炸开了。

老李的病情牵动着老街人的心。好人没好报啊！大家痛心怨叹。

老街，城之一隅，房屋陈旧，多是出租房，租住者皆为外地来务工者，平素大家多有交集，均熟识。说起老李，老街人颇为赞许。老李五十来岁，在老街的外来工子弟学校教体育，他热心善良，热爱游泳，水性尤佳。

老街边上是东江河。在老李的召集下，一帮水性好、身强力壮的男子组成了水上义务救援队。平日里，救援队轮流在江边巡逻，劝导玩水者，救援了数十名溺水者，深受老街人敬佩。

老李家境普通，不堪承受巨额手术费，加上病痛难忍，他决定放弃治疗，老街人纷纷劝阻，还自发组织捐款。无奈老街人大多收入不高，只筹得五万多元，仍旧是杯水车薪。

晚上，老街古榕树下，一群人围坐着闲聊，不知不觉又说起老李。

翻看手机新闻的出租司机小陈突然抬头，说，要不，咱们也像新闻里一样，搞个募捐晚会，为老李筹集医药钱。

主意倒是好，可搞晚会要有舞台、有音响设备，还要排练文艺节目，我们这些土包子，怎么弄得了？卖豆腐的老王一声叹息。

有文艺细胞的人主动排点节目，也发动发动咱们孩子，他们年轻人，总有点文艺特长，清洁工陈老太说。

是啊，至于舞台、音响什么的，大家想想办法、帮帮忙，多打听打听，无论怎样，咱们一定要想办法救老李。

三天后，老街人又在榕树下聚集。

我昨天去文化馆收破烂，把老李的情况跟他们说了说，他们说无偿借给我们音响设备，收破烂的老陈说。

舞台设计可以交给我孙子，他学设计的，设计舞台背景应该没多大问题，卖菜的丁奶奶说。

我表演一个街舞，念书时我可是校街舞团的成员，酒店服务生小胡说。

我来段魔术，去年工厂年会时，我表演过，工友们都说不错，电子厂打工仔小方说。

晚会的场地就定在文化广场吧，那里人流量大，场地申请我媳妇说她去弄，她人脉广，认识很多公家单位的人，开肠粉店的大刘说。

我要做主持，咱们学校的晚会都是我主持的，小学英语老师小玲毛遂自荐。

我来做宣传推广，我把晚会消息制作成微信链接，在各大网络平台转发，让更多人知道我们的晚会，卖电脑的阿莉说。

大家都积极热切地建言献策，只有卖包子的方姨沉默着不插嘴，大家都朝她看了几眼。半晌，她深吸一口气，鼓起勇气，有点犹豫地说，我唱首歌吧！

方姨，你会唱歌？平时没见你出过声儿。老方，要是不会，也别勉强自己。是啊，老方，节目要拿得出手，不能给咱老街丢脸。老方，别瞎掺和，唱歌可不是做包子。大家劝慰着方姨。

方姨凝神想了片刻，小声说，我……我还是唱吧，我也要为晚会出份力，草根晚会嘛，观众不会在意我唱得好坏。我最后唱，那会儿观众估计走得差不多了，影响不了晚会的。

见方姨真诚，大家都沉默不语，算是应允了。

一周后，"救助好人，传递爱心"草根募捐晚会在文化广场拉开了帷幕，老街人把老李也搀扶到了晚会现场。老李虚弱地坐在观众席中，被病魔折腾得只剩下一把骨架，看着就让人心疼。

舞台简陋，节目也不是很专业，草根募捐晚会依然引来观众无数，人们通过晚会了解到老李的爱心事迹，对他病痛缠身深感同情，纷纷慷慨解囊，现场捐赠。

晚会临近尾声，观众渐渐散去。方姨这才走上舞台，她化了淡妆，身穿一条洁白演出礼服，神采奕奕，比平时看着年轻了好几岁。

音乐响起，方姨亮嗓，蓦地，观众们呆了。她的声音清亮高亢，饱含深情，宛如天籁，扣人心弦。那歌声仿佛带着魔力，听得人浑然忘我。散去的观众听闻歌声，触电一般驻步聆听，然后返回来。很快，舞台被观众挤得水泄不通，人们沉醉在方姨的歌声里，鸦雀无声。

天啊，这完全是专业歌手的水平，方姨真是深藏不露啊！想不到老方有这能耐！以前小瞧方姨了。老街人不可思议，连连惊叹。

哎，这声音听着好耳熟啊！这歌声我听过，像当年文工团的歌手安妮。是安妮，她就是安妮，我想起来了。20 年前，安妮可是小有名气，后来不知怎么销声匿迹了……台下有不少人高声议论着。

方姨唱毕，台下掌声雷动，她眼神闪光，娓娓道来：大家说得没错，我就是曾经的歌手安妮，当年文工团改制后，我下岗了，我去酒吧唱歌，去农村跑商演，做婚庆歌手，后来，有人说我老了，唱法过时了，生活一落千丈，那时，我又生了一场大病，身材变形，为了生存，我只能改行，隐姓埋名，来到老街，开了间包子铺，老街人不知道我是谁，他们给了我很多帮助，尤其是老李，救起了我落水的儿子，他是个好人，希望好人有好报。

方姨接着说，其实，我已经 20 多年没唱歌了，为了这次登台，我偷偷训练、练声……我说这些，只想告诉台下的老李，我都能够重新站上舞台重新唱歌，你也可以从病床上站起来。

台上的方姨自信从容，跟从前老街人眼里卖包子的方姨截然两样。

好！好！台下喝彩声一浪高过一浪。人们纷纷掏出手机，把方姨说话的视频发在了朋友圈。

草根募捐晚会结束了，余热未了，引发各大媒体竞相报道，引起全城人的关注，无数爱心人士来到老街，为老李捐钱捐物。

半月后，老李的手术在中心医院进行……

（《草根募捐晚会》原载 2019 年 4 月 8 日《羊城晚报》，《微型小说选刊·金故事》2019 年 6 期转载，2019 年 4 月 8 日人民网转载，入选长江文艺出版社《2019 年中国小小说精选》一书，被多地选为语文阅读题和教辅材料）

◀ 蝴蝶飞舞

下班时经过一间饰品店，玻璃橱窗里精巧别致的饰品宛如五彩缤纷的星星，牵引了她的目光。她忍不住走进去。琳琅满目的饰品，看得她目不暇接，她像只蜜蜂，突然跌入无边的花海，无限欢喜。货架上各色各样的蝴蝶结发夹也像千姿百态的蝴蝶正翩翩起舞，好看极了。她的思绪立刻随着这些"蝴蝶"轻舞飞扬。

她出生在农村，小时候家里经济并不宽裕，拥有一件发饰的确是件奢侈的事。有一次，坐在她前面的同学头上突然别了一枚淡紫色的蝴蝶结发夹，将秀发点缀得灵动可人。她羡慕极了，心里对蝴蝶结发夹的向往便开始像春天的野草般疯长。晚上做梦，她都经常会梦到自己发间别着一枚蝴蝶结发夹，桃花一样的粉红色，在阳光下闪闪发光。

没多久，一个货郎挑着担在村里叫卖日用品，担子里除了香皂、雪花膏等，还有她日思夜想的蝴蝶结发夹。她埋藏已久的渴望被点燃了，兴冲冲地跑回家，央求母亲买一个给她。母亲脸一沉说，买那东西干什么？不当吃不当喝的，家里可没这闲钱。她仿佛被浇了一大盆冷水，透心的凉。

隔了段时日，表姐从省城批发了一些饰品在村里售卖，有项链、耳环等，最令她惊喜的是，竟然也卖蝴蝶结发夹。那段时间，她天天往表姐家跑，时不时把那些蝴蝶结发夹捧在手心里看，像捧着价值连城的珠宝一样，爱不释手。有一天，趁表姐出去了，她悄悄打开表姐的箱子，取出一只粉色蝴蝶结发夹别在头顶，对着镜子看了又看，仿佛自己变成了小仙女，心里如同吃了蜜糖一样甜。不知什么时候，表姐突然推门进来，她慌忙地将发夹从头上扯下来，丢在箱子上，埋头蹲在地上，不敢去看表姐。表姐走过来，把她从地上拉起来："小丫头片子，知道臭美啦？"表姐把她推到镜子前，给她梳好头发，将那只蝴蝶结发夹温柔地别在她的刘海边。"真好看，这只蝴蝶结发夹就送给你了。"听了表姐的话，她激动得差点叫出声来，一头扑进表姐怀里。

那是她童年拥有的第一个蝴蝶结发夹，也是唯一的一个。

后来，她成家了，生了一个女儿，她喜欢给女儿买各种蝴蝶结发夹，每天轮换着戴在女儿头上，把女儿打扮得像花朵一样。只是现在女儿上高中了，再也不肯戴发夹了，说"很幼稚"，她便好久都没有逛发饰店啦。

"哇！这些蝴蝶结发夹真漂亮！像真的蝴蝶一样！"稚嫩清亮的童声打断了她的回忆。两个小学生模样的小姑娘挤到她前面，踮起脚，昂着头，笑盈盈地盯着那些蝴蝶结，两眼放着光。

"我们一人买一个吧！"红裙子小姑娘说。

"买三个，我还要给我表妹买一个。她可爱美啦，我送给她，她肯定高兴坏了。"另一个圆圆脸上荡漾着两个小酒窝的小姑娘说。

只见小酒窝大声问店员："姐姐，这个发夹多少钱一个？"

"三块钱一个。"店员说。

红裙子翻遍全身口袋，掏出三块零钱。小酒窝在书包里找了又找，数了又数，却只翻出来四块钱。

"还差两块，不够买三个。"小酒窝一脸失落。

"要不，我们先买两个？"红裙子问。

"不好，要买就买三个，我们三个人一起戴。我明天早餐少吃一个包子，可以省下一块钱。"小酒窝语气坚定地说。

"那我今天晚上帮妈妈洗碗，她会奖励我一块钱。"红裙子也说。

"这样，我们明天放学就可以买到三个蝴蝶结发夹了。"两个小姑娘的脸瞬间阴转晴，她们又看了几眼那些蝴蝶结发夹，依依不舍地走出饰品店。

这时，她飞快地抓起三只蝴蝶结发夹，冲到收银处买了单，去追上两个小姑娘。

"这三个蝴蝶结送给你们。"

两个小姑娘摇摇头。"我妈妈说了，不能随便要别人的东西。陌生人的东西不能拿。"

"这是我给女儿买的，她不喜欢，丢了挺可惜的。来，我给你们戴上。"她不由分说地给两个小姑娘戴上蝴蝶结发夹，把剩下的一只蝴蝶结发夹塞进小酒窝手里。

"谢谢阿姨！"两个小姑娘笑得像太阳花一样灿烂。

她朝她们挥手再见。她们开心得像两只兔子，蹦蹦跳跳跑远了。

望着她们远去的背影，阳光下，还能看到两只蝴蝶在她们头上飞舞，她一阵恍惚，仿佛看到了童年的自己，正戴着蝴蝶结发夹，欢快地奔跑在油菜油耀眼的田野上。

（原载 2023 年 3 月 29 日《羊城晚报》，2023 年 4 月 14 日《作家文摘》转载，入选长江文艺出版社《2023 年中国微型小说精选》）

第二辑　岁月留痕

◀ 鹊在枝头

夜晚，饭店打烊了，子军和雨晴两口子正在办公室核算饭店当天的账面收入。

厨师王伟急匆匆闯进来："老板、老板娘，我刚接到家里的电话，我父亲突然生了重病，正在医院抢救，我要请半个月假，马上回趟老家。"

雨晴关切地看向王伟，温和地说："王伟，你父亲生病住院是大事，请假我同意，能不能少请几天假？你看饭店的厨师本来就少，你回去了好多事我们忙不过来啊。"

王伟一脸为难，嗫嚅着嘴巴，欲言又止。

子军走过去，拍拍王伟的肩膀："你的假我准了，回去好好陪陪你父亲，来回的车费我给你报销，厨房的事情忙不过来我给你顶着。"

王伟激动得眼圈泛红，说："谢谢老板，我尽快处理好家里的事情就马上回来！"

王伟刚离开，雨晴的脸立刻阴沉下来，像天空笼罩着浓厚的乌云："饭店现在是旺季，我们每天忙得脚不沾地，干嘛批他那么多天假？"

"他父亲生病住院，迟误不得，咱得体谅一下他，谁家里还没有个急事啊？"子军轻言细语对雨晴说道。

"我没说不能请假，但十天假足够了，还有，你怎么还要给他报销车费？咱们刚创业，还欠着一屁股债呢，平时，我连件高档衣服都舍不得买，你倒好，动动嘴皮子，一笔车费又给人家了，你是钱多烧得慌吗？"雨晴越说越生气。

"王伟在咱店一直干得不错，咱们不能亏待人家。"

"咱们给他开的工资也不低啊，该给他的一分不会少，不该给的也不能白给，我们的钱又不是天上掉下来的，都是辛辛苦苦挣出来的，你怎么不知道心疼呢？"雨晴说着，委屈的泪水从脸上滑落下来。

"别生气了，消消气啊！"子军赔着笑脸，拿了纸巾替雨晴擦拭眼泪。

雨晴一把夺过纸巾，气呼呼摔门而出，"啪"，重重的关门声让子军浑身一颤。

一连几天，雨晴都生着闷气，不搭理子军。

冬至那天，子军的父母打来电话，叫子军和雨晴回乡下过节。

子军和雨晴驱车赶到乡下人军家。父母看到子军和雨晴回来，喜上眉梢，端出一盘红彤彤柿子："这是今年家里收的柿子，在地窖里放了三个多月，现在可甜了，你们尝尝。"

子军拿了一个柿子，仔细剥掉皮，递给雨晴。

雨晴本不想接，她还在生子军的气，但子军的父母在场，她不好发作，只好硬着头皮接过来，咬了一口，细滑软糯的果肉滑进嘴巴里，清甜的汁水在唇齿间流淌。"真甜！"雨晴忍不住说。

"走，带你去我们家柿子园看看，你还没见过柿子树吧？"子军拉起雨晴就往外走。雨晴从小在城里长大，和子军结婚后每次来乡下也是来去匆匆，是个连麦苗青草都分不清的人。

一走出门，雨晴立即把手从子军手里抽回来。

"你看你，气性真大！"子军望着雨晴笑，雨晴沉默着不说话。

子军在前面带路，雨晴远远地跟在后面，两人走了一段崎岖的山路，来到一片柿子园里。

满园柿子树，树叶全落光了，遒劲的枝丫上，挂着许多红润饱满的柿子，晶莹剔透，闪闪发光，像一颗颗鲜艳夺目的红宝石。叽叽喳喳的鸟儿，跳跃穿梭在树枝之间，有的嬉戏，有的啄食着柿子肉，好不热闹。密密麻麻的鸟窝，隐藏在树枝间。

"这些是什么鸟？"雨晴忍不住好奇。

"喜鹊，村里人都叫它们吉祥之鸟。"

"柿子不是早收了吗？树上怎么还有这么多柿子？"

"特意留下来给喜鹊吃的。"

"为什么不摘完？留这么多柿子给喜鹊吃多浪费啊。"雨晴满脸疑惑不解。

"这是村里人的习惯，每年采摘柿子时，专门留些柿子在树上给喜鹊吃，喜鹊就会在柿子树上搭窝过冬，喜鹊有灵性，懂感恩，来年它们会辛勤捕捉柿子树上的虫子，柿子不遭虫害，会迎来大丰收。"

"太神奇了。"雨晴忍不住感叹。

"以前，村里有个人贪心，把树上的柿子全摘完了，喜鹊没了吃食，全部飞走了，第二年，他家的柿子全部被虫子咬烂了，一个也不剩。"

"你带我来这里，别有用意吧！"

子军只是笑，不置一词。

"这些喜鹊，留下来真好啊！"雨晴望着枝头上那些欢快的喜鹊，脸上露出了久违的笑容……

（原载 2023 年 1 期《小说月刊》，2023 年 2 期《微型小说选刊》转载，2023 年 2 期《传奇传记文学选刊》转载）

◀ 山里山外
....

打开门，就是绵延的大山，一座连着一座。

生在山里，长在山里，死在山里，这是山里人的一辈子。山里穷，吃着粗糙难咽的玉米饭，穿着打补丁的衣裳，住着低矮老旧的黄泥房。

小时候，麦香望着一望无际的大山，问爹，山外什么样？

爹说，没见过，听人说，山外的楼房比这里的山还要高，山外的灯光可以把夜晚照得像白天一样亮，山外的人天天有白米饭吃。

麦香问，到山外远吗？

爹说，很远，很远。

麦香无数次想象山外的样子，无限憧憬。她真希望自己变成一只小鸟，飞到山外去。

1997 年 7 月 1 日，麦香刚满 18 岁，在邻居柱子家看电视。柱子长年在山外做厨师，见多识广，家里有村里唯一一台彩电。

电视正在播放香港回归的盛事。这是麦香第一次看到香港。

柱子说，广东就挨着香港，那里是改革开放的最前沿，繁华得很！

麦香脸上生起向往和痴迷，坚定地说，我要去广东！

第二天，麦香背着简单的行李，揣着家里仅有的 500 块钱，走了一天一夜山路，来到县城，转了三次车，终于坐上了开往广东的绿皮火车。火车上，她一直望着窗外，那是她从未见过的风景。

坐了两天两夜的火车，抵达了广东丽城。丽城比她想象得还要繁华，车流和人流川流不息，到处是如火如荼的繁忙景象。

麦香像刘姥姥进了大观园，绕着丽城的大街小巷，这里看看，那里瞧瞧，满是新鲜与好奇。每路过一间小店，她都走进去问招不招工。麦香没有文凭、没有工作经验，没有一家店肯收留她。

一个多月下来，麦香身上的钱用光了。

那晚，麦香流落到菜市场一间干货店前，睡在了门口。第二天，干货店老板娘看到了麦香，见她可怜，给了她两个包子吃。

老板娘收留了麦香，让她在店里做帮工，虽然工资不高，但包吃包住。麦香总算有了个栖身之所。

麦香很珍惜这来之不易的第一份工作，她机灵，干活利索、嘴巴甜，很招客人喜欢，老板娘也喜欢她，还给她涨了工资。老板娘常说：这是个好时代，只要肯努力、肯吃苦、肯动脑筋，做什么事都不会差。她把这句话记在了心上。

那几年，麦香学会了粤语，还学会了如何与各种客人交道，甚至，还将菜市场所有的进货渠道和流程了解得一清二楚。

5 年后的一天，一个女人来到干货店，问麦香：小妹，店里有没有四川腊货卖？麦香说，没有，这里只有广式腊味。麦女人一脸失望地说，在菜市场转了一大圈，都没有四川腊味卖，我们这些外乡人，想在这边吃点家乡口味都难。

　　那几天，女人的话时不时在麦香心里响起。麦香想，周边很多外来工，尤其是四川、湖南、江西、贵州等地居多，他们的饮食习惯相近，嗜好辛辣味重的口味，并不习惯广东清淡的口味。

　　麦香常在周围的饭店、餐馆转悠，经过一段时间的"明察暗访"，她发现，周边饭店大多出品粤菜，仅有的几家川菜或湘菜饭店，也是广东人开的，不仅味道不地道，价格也贵。

　　麦香突然萌生了开饭馆的念头，主打川、湘菜，专门服务周边的外来工。

　　说干就干，麦香从干货店辞了职。她身上的钱不够，打电话向爹求助。爹把家里养的猪卖了，钱全部寄给她，还是不够。

　　麦香打电话给柱子，在她的软磨硬泡、再三游说下，柱子答应过来做厨师，还愿意拿出一万块钱入股。

　　在菜市场边租了个小店面，经过简单装修，麦香饭馆开张了。

　　开张一周，一个客人也没有。麦香急了，花 50 块钱印了几百张饭馆的宣传小卡片，到处派发。还请了一些外来工来店里免费试吃。

　　一周后，终于有个摩的司机走进饭馆，点了个青椒炒肉丝。这是饭馆的首位客人，麦香格外珍惜，跑到后厨一个劲提醒柱子：菜要新鲜，量要足，味要大。

菜上桌，摩的司机尝了几口，点头赞许。

一天，饭馆已经打烊，一个客人突然打电话来说想吃麻婆豆腐，麦香没回绝，把熟睡的柱子叫起来炒菜，她踩着自行车飞快送到客人家门口，菜还冒着热气。

渐渐地，饭馆生意好起来，来吃饭的客人越来越多。

丽城也飞速发展着，每天都有新事物、新辉煌诞生，日新月异。

麦香时不时打电话给爹，叫爹来城里住，爹不愿意，说山里条件好了，路通了、自来水通了、电话也通了。麦香觉得这是爹的借口和托辞。

2007 年，香港回归 10 周年的那年，麦香的饭店比从前扩大五六倍，员工人数达到 30 人。

饭店食材需求量剧增，麦香没忘记山里的乡亲。她打电话给爹，叫他定期收购乡亲们的腊味、土豆、红薯，通过物流运到麦香的饭店里来。

麦香的生意越做越大，今年，在丽城开了第三家分店。

年初，麦香回了趟山里。坐了三个多小时的高铁，就到了县城。国家给山里修建的盘山公路平整宽敞，县城有公汽直通山里，只要半小时。

山里被打造成了乡村旅游度假胜地，游人如织，红红火火。农庄、农副土特产超市随处可见。乡亲们全住了阔气的二层的小洋楼，各种现代化电器一应俱全。很多村民还开上了私家车。

傍晚，麦香和爹在阳台上品茶聊天。山里灯火通明，乐声悠扬，村广场上，乡亲们载歌载舞，笑语不绝。

麦香出神地眺望着山里的夜色，说，我的饭店准备开第四家分店。

在哪开？

山里。

爹一笑，说，你这飞出去的小鸟，愿意飞回来？

山里、山外的距离越来越近，我啊，想飞到哪就飞到哪……

（本文在"我和我的祖国"全国小小说大赛中获得优秀奖，2020年1月12日发表于《惠州日报》，2024年1期《台港文学选刊》转载，2024年6月30日《广东文坛》转载）

◀ 清明节

　　大海娘从箱底取出一件蓝布棉袄，抖了抖，穿在身上。15 年前，儿子大海参军时在镇上给她买了这件棉袄，她一直没舍得穿，抚摸着棉袄上的花纹，她的脑海里浮现着大海的笑脸。

　　大海娘梳起了头发，满头银发被她梳理得整整齐齐。梳完头，大海娘仔细洗了脸，对着镜子往脸上涂上了雪花膏。大海娘很久没有这样收拾自己了。

　　收拾完毕，大海娘拎着一个大包裹出门了。小花狗跟上来，摇着尾巴，舔她的裤腿。大海，快回去！过几天我就回来了，这几天你给我看好家门。大海娘慈祥地拍拍小花狗的脑袋，小花狗仿佛能听懂人话似的，依依不舍回去了。

　　路上，大海娘碰到村里人。大海娘，打扮这么精神，去哪呀？大海娘说，看儿子去。

　　大海娘颤巍巍走在路上，大海的影子不停在她眼前晃。怀着大海时，她男人就死了，她含辛茹苦独自一人把大海拉扯大。大海善良孝顺，是十里八乡有名的好小伙。大海18岁那年，北方某部队来县里征兵，大海考上了。

大海去部队那天的情景，大海娘记忆犹新。那天，大海穿一身崭新的绿军装，英姿飒爽。村长给大海戴上大红花，家里挤满了为大海送行的乡亲。大海满含热泪地给她敬了个军礼，娘，我在部队一定好好表现，不给您丢脸。说完，大海给她长长地磕了个头。

那是大海娘最后一次见大海。

大海娘步行走到镇上，转了两次车，坐上了火车。火车朝北方行呼呼驶了20几个钟头，在一个偏僻的村道上，她下车了。

大海娘拿出一张泛黄的地图看了几眼，徒步走了一段小路，看到一座大山。大海娘朝向山上走去，大海就在这座山上。大海娘气喘吁吁地朝山上爬，越靠近山顶，她的脚步越沉重。大海，娘马上就要见到你了，她在心里呼唤。

爬到山顶时，大海娘已经大汗淋漓。山上荒无人烟，叽叽喳喳的鸟鸣使得山上更显幽深寂静。

杂草丛生，一人多高，遮挡了大海娘的视线。她扒开杂草，一座孤坟黯然出现在她眼前。坟前立着一块石碑，上面书写着：救火英雄林大海之墓。大海啊，娘来了，来看你了，大海娘高声喊着，声音在寂静的山谷中回荡。

坟头杂草横生，一片凄凉。大海娘脱下棉袄，将坟上的杂草一根根拔除。大海，这里很久没人来了吧？瞧，你头上的草长得比娘还高了。大海娘深深叹了口气。

半晌，大海娘将坟头和周围的杂草清除得干干净净。她在坟前坐下，从包裹里取出一瓶清酒，倒在杯子里，颤抖着洒在坟前。大海娘再倒上一杯酒，一口吞进肚子。儿啊，今天是清明节，娘陪你喝杯酒、说说话。大海娘对着孤坟说起话来。

儿啊，你在下面过得好吗？娘在上面挺好的，娘不孤独，娘养了条狗给我做伴，我给它取了个名儿叫大海，跟你的名字一模一样。大海，你参军前在门口种的梨树去年结果了，你看，我给你带了几个过来，你尝尝鲜。大海娘从包裹里拿五只黄灿灿的鸭梨，摆在坟前。

大海，你最喜欢吃娘做的腊肠了，这么多年没吃，你肯定馋了吧，我给你带了一盘过来，今天是清明，你在下面吃好喝好。大海娘从包裹里拿出一袋切好的腊肠，放到坟前。

一阵山风拂过，坟堆周围的大树随风摇动起来，树叶"沙沙"作响，像是有人轻声呜咽。大海娘眼睛红了。大海，娘还有好多好多话要跟你说，但娘不能说了，再说就赶不上回去的车了。

大海，娘不知下次什么时候才能来看你，娘老喽，走不动了……儿啊，别怨娘。大海娘老泪纵横。

大海娘从怀里掏出一把种子，洒在孤坟周围。大海，这是咱家门口那些野花的种子，我洒在你身边，等它们开花了，你看到它们就像看到家、看到娘一样，那样你就不想家了……

大海娘无限眷恋地望一眼孤坟，含着泪往山下走。

山脚下，一个姑娘带着一群孩子从大海娘身边经过，他们手捧鲜花，朝山上走去。

老师，您说带我们去山上扫墓，山上埋着什么人？为什么埋在山上？孩子们的小脸上写满了疑惑与好奇。

山顶上埋着一位军人。十年前，军人转业回家，乘坐的汽车经过这里，看到山上火光冲天，军人下了车。原来，一群孩子在山上野炊，引发了大火，当时，消防队员还没赶到。军人在部队学过消防急救，他跑上山，冲进熊熊大火中，救了好几个孩子出来，他最后一次冲进火海后，再也没出来……后来，人们在山上为他立了一块墓碑。

老师，我们怎么没听说过啊？老师，您怎么知道？

姑娘出神地望着山顶，幽幽说道：多年前的事，很多人都慢慢淡忘了。我就是当年被他救出来的孩子中的一个，那天的事，我永远都忘不了。有些人，有些事，不应该被遗忘……

听到他们的对话，大海娘泪痕斑驳的脸漾起一抹欣慰的笑。

（原载 2020 年 4 月 3 日《羊城晚报》，入选长江文艺出版社《2020 年中国小小说精选》）

◀ 隐匿的光芒

多年前，村里突然来了一位神秘的老头。

老头头发花白，腰杆笔直，脸上细密蜿蜒的皱纹里，仿佛写满了沧桑的故事。最显眼的是他的右手臂，光秃秃的，只剩一只空袖管在冷风中轻轻晃荡。人们不知道他从哪里来，也不知道他为什么要来到这里，更不知道他曾经历过什么。有人好奇，问起他，他淡然一笑，什么也不说。时间久了，大家也懒得再问了。

老头把村头一间废弃的破房子简单修整一番，住了进去。老头虽然没有右臂，但他可以用左手干活，灵活自如。他靠开荒种地、养鸡养鸭为生。他每天日出而作，日落而归，他的辛勤劳作，换来了鸡鸭成群，庄稼茂盛。

我和小伙伴喜欢去老头家玩，因为无论我们在他家里怎么疯闹，他都不会责骂我们。有时候，他还会塞给我们一些小零食，时而是一把香脆的炒瓜子，时而是几块甘甜的红薯干。在那个物资匮乏的年代，那些小零食让我们感到幸福而满足。

老头喜欢给我们讲故事。他讲得清一色是打仗的故事，如红军打日本鬼子，红军打国民党反动派等。

夜色如水，我们围坐在柚子树下，他绘声绘色地讲起来，时不时手舞足蹈，随着故事情节的发展，他的语调有时欢快有时悲伤。他的故事讲得生动精彩，仿佛亲身经历一样，我们听得津津有味，如痴如醉，仿佛亲眼看见一样。你哪知道这么多故事？我们问。书上看到的，孩子们，你们要好好念书，今天的生活来之不易啊，他说。

有一次，老头点灯熬夜，给我和小伙伴每人做了把木头小手枪，那小手枪做得栩栩如生，让我们爱不释手。我们握着小手枪，奔跑在绿油油的田埂上，饶有兴致地玩起打仗的游戏。他静静地坐在田埂上，出神地看着我们，若有所思，眸子里闪烁亮晶晶的柔光。

日子久了，我们都成了老头的小尾巴，他去哪儿，我们都紧跟着，他干活的时候，我们就在一旁玩。

那时，村里办了个酒厂，村民们家里有多余的玉米，会卖给酒厂，换些零钱。老头家的玉米吃不完，会卖一些给酒厂。村里人一般都是把玉米晒干后，直接装进袋子送进酒厂。老头和大家不一样。他每次晒玉米，会把晒玉米的空地用水冲洗得一尘不染，玉米晒干后，他还用筛子仔细筛去灰尘、杂物和小粒的劣质玉米，再装进口袋里送去酒厂，这样，玉米称重自然会少很多。村民笑话他是脱掉裤子放屁，多此一举。他不恼，憨厚一笑说，这样出来的玉米干净，酿出的酒也干净。

90 年代，村里集资修路建桥，发动村民捐款，老头毫不犹豫地捐出五百块钱。在那个年代，五百块钱是个大数目。村干部说，你捐这么多，日子不过了？老头憨厚一笑说，我就一个人，一人吃饱，全家不饿，用不了什么钱！

老头在村里生活了四十多年。一个寒冬，老头几天没出现。大家推开他的房门，发现他已经离世了。他躺在床上，神色安然，脸上挂着一抹淡淡的微笑，仿佛睡着了一般。

村民们把老头葬在后山，时间久了，大家渐渐将他遗忘了。

去年，中央电视台寻人节目《等着我》播出，一位年近百岁的老红军上节目寻找失散多年的老战友小春子。老红军讲述了小春子的故事。

日本侵华战争爆发后，小春子的家乡沦陷。14 岁那年，他的父母和许多乡亲被日本鬼子杀害，他在山上砍柴，才幸免于难。亲眼看见日军惨无人道的暴行，他内心深处萌生了打日本鬼子的决心。为了生活，他四处流浪，流浪到省城时，听说附近有一个专门打日本鬼子和反动派的工农红军队伍，他到处打听，寻找半个多月，找到了红军部队，部队的首长见他可怜，把他留在了部队，成为部队里最小的"小鬼兵"。他从小就喜欢玩弹弓，到了部队，他没事便缠着老战士学习射击。每次部队和敌军交战，他不怕危险，总爱往前沿阵地钻，看战友们如何开枪打敌人，长此以往，练就了一身好枪法。

后来，小春子加入共产党，在漫长的战争年代，他跟随部队，身经百战，屡建战功，被战友们称为"神枪手"。一次战斗，为了掩护战友撤离，他的右臂不幸被敌人的子弹打断，截了肢。

战争结束后，小春子觉得自己失去右手，不能再握枪打敌人了，他主动退役，悄然离开了部队。

以后的岁月里，战友们到处打听小春子的消息，他仿佛人间蒸发一样，杳无音信。

老红军手里捧着小春子的照片，看着电视屏幕上那张放大的照片，大家突然想起尘封在记忆里的独臂老头，实在太像了。

村干部和节目组取得了联系。几天后，老红军来到我们村。

村干部领着老红军来到独臂老头生前的房子前。自从老头去世后，这间房子就锁上了，没人进去过。

打开关闭已久的旧屋子，裂了缝的泥土墙壁上，独臂老头在遗像里朝大家笑。老红军颤巍巍地站在那张遗像前，老泪纵横，轻轻拭去照片上的灰尘，抚摸着照片里那张笑脸，喃喃地说，小春子，好久不见……

村干部从床底下取出一口上了锁的大木箱，对老红军说，这是他唯一的遗物，我们也不知道里面是什么，现在交给您保管吧。

老红军敲开箱子，箱子里放着一套洗得发白的旧军装，叠得整整齐齐。军装胸前，别着几枚经过岁月洗礼的旧勋章，阳光照在上面，闪烁着耀眼的金光……

（《隐匿的光芒》发表于 2021 年 8 月 27 日《羊城晚报》，2021 年 11 期《传奇传记文学选刊》转载，被选为高中语文阅读题，获惠州市"华通杯"小小说大赛二等奖）

第三辑

人生百味

◀ 寂静无声

....

夜色，静谧如水。

老头又一次半夜醒来，打开台灯，床头的挂钟正指向凌晨两点。关灯。在床上翻来覆去好一阵，还是睡不着。年岁大了，他的睡眠越来越少，一到半夜就醒了。

起床，踱步到客厅。偌大的客厅，寂静而空荡，静得可以听得见他的心跳。他真希望时间快点过，快点天亮。他心里默默数着数，在客厅来来回回转了五十几圈，才在沙发上坐下来。依然没有一丝倦意，他只好干瞪着眼睛，望着窗外的夜色发呆。

仿佛几个世纪一样漫长，天空终于露出鱼肚白。他从沙发上起身，给阳台上的花草树木浇水，然后洗脸、刷牙、洗衣服，做这一切的时候，他的动作缓慢而细致。现在，他唯一不缺的就是时间，做任何事情，他都刻意使自己慢些，他觉得这样才能把悠长的时间消磨掉。

梳洗完毕，他提着菜篮子慢慢下楼。在楼下的早餐店，他像往常一样叫了一碗汤粉外加一杯豆浆，慢慢吃起来，几乎是细嚼慢咽。一个老太太在他对面坐下，他常看到老太太来吃早餐，客套地朝她点头，微笑着说：来吃早餐啊？他知道自己是无话找话，但他必须说点什么，每天独自待着，他快变成哑巴了。

老太太警惕地扫视他一眼，端起自己的早餐，坐到了别的桌子上。他一脸尴尬。

吃完早餐，他提着菜篮子，慢悠悠来到菜市场。在菜市场门口，他又见到贩卖土豆的中年男人，他经常买男人的土豆，他觉得只有男人卖的土豆才有老家土豆的味道，让他倍感亲切。老头叫男人给他称五斤。提着土豆，他忍不住问男人：你老家什么地方的？男人奇怪地瞄了他一眼，没说话。老头热切而耐心地望着男人，他多希望男人能张口说出他老家的名字，那样，在这座城市里，他就有老乡了，就有一个说话的人了。男人仿佛没听见似的。

老头一直站在摊前，男人有点怒了。你还买土豆吗？不买的话就麻烦你走远点，你站在这里，妨碍我做生意了。老头不好再说什么，提着篮子慢慢走开了。

回到家，老头慢慢地洗菜，切菜，做饭。慢慢地吃完午饭，慢慢地收拾好厨房，慢慢来到客厅，打开电视看起来。遥控器翻了个遍，没找到一个好看的节目，他发现，电视里要么是小伙姑娘唱歌跳舞，要么就是一些无厘头的搞笑节目，看着主持人哈哈大笑，他完全搞不懂他们笑什么。他没精打采地看着屏幕，除了电视机里发出的声音，家里是一片静寂。他的思绪飞回以前，那时老伴还在，儿子还小，家里热热闹闹的，整天都有欢声笑语。

后来，孩子去读大学，读完大学留在大城市工作了。再后来，老伴去世了。渐渐地，家里变得越来越安静了。

他关掉电视，带上水和饼干，到小区花园走走。刚进花园，便听到一阵孩子的笑声。那笑声牵引着他的心弦，他循着声音走过去。在小亭子里，两个孩子坐在地上玩石子。他在孩子们身边坐下。小朋友，你们几岁啊？两个孩子扬起笑脸，争先恐后地说，我5岁，我4岁。他在心里算了算，孙子前年回来时3岁，现在也应该5岁了吧！孙子应该长得跟两个小朋友差不多高了。他从口袋里取出两包饼干递给孩子，小朋友，吃饼干吧！孩子们乐呵呵地拿起饼干说，谢谢爷爷！两个孩子雀跃得像两只快乐的小鸟。

一个年轻女人突然跑过来，宝贝们，赶紧回家了。妈妈，爷爷给我们的饼干。两个孩子举着手里的饼干给女人看。女人看了他一眼，紧张地拉起两个孩子的手，快步走出亭子。老头依依不舍地看着孩子们离开的背影。宝贝们，妈妈不是跟你们说过吗？不要跟陌生人说话，不要拿陌生人东西。女人的声音虽然很小，但老头还是听见了。女人夺走孩子手里的饼干，扔进了垃圾桶。

花园里又安静下来。老头坐在亭子里，一动不动，像一尊孤独苍老的雕像。电话铃声响起时，他吓了一跳。是儿子打过来的。爸，你好吗？你在干什么？我啊，好得很！正跟老伙计们聊天、下棋呢！爸，今年我们忙，明年过春节我一定带你孙子回来看你，爸，不跟你说了，我陪领导吃饭去了，再聊！儿子，你忙，别担心我，再见！

一直坐到暮色升起，老头才起身回家。打开家门，无边寂静潮水般朝他袭来，这静，令他窒息。他仿佛置身于一片白茫茫的雪地，四周无人，浑身上下透着彻骨的寒冷。他慢慢躺在床上，虽然盖着厚厚的被子，他依然感觉不到一丝暖意。他缩紧身子，感到一丝困意，从来没有像今天这样想睡觉。他睡着了。

十天后，有人在小区物业管理处投诉老头，说他家里飘着一股难闻的恶臭。物业管理人员敲了半天老头的大门，没人开门。管理处拿来备用钥匙，打开老头的家门，看见他躺在床上，整个身体已经腐烂了。

阳光从窗子射进来，照着老头的遗体，寂静，无声。

（原载《红豆》2017 年 6 期）

◀ 诗意丢了

最近林风被朋友拉着去参加了一次"雅集",就是一堆文人雅士聚在一起吟咏诗文的活动。台上一位姑娘朗诵了一首诗,让林风眼前一亮,他那颗死水般沉寂的心突然复苏了一般,竟荡开一圈圈涟漪。他打听到姑娘名叫茉莉,又是一阵轻叹:人如其名,果然宛如盛开在初夏的纯白茉莉花啊。

看着茉莉,他仿佛回到青春年少时,他觉得茉莉像极了一个人,那是一直藏在他心底深处的一抹白月光。

记得在大学校园里,白月光捧着一本诗集从操场上走过,微风里,她一身白色长裙摇曳生姿。那一幕,定格成他永远无法忘却的画面。后来,他终于鼓足勇气,将写给白月光的一叠诗送给了她。望着那些诗,白月光眸子湿漉漉的,两朵红霞飞上水灵灵的脸庞,她羞答答地说:"这是我收到的最珍贵的礼物。"

他们开始约会。虽然那时的他只是个穷学生,只能带白月光在街上闲逛,或者去江边吹风,或者去山顶看星星,要么就是去吃路边摊……但几毛钱的麻辣烫、烧饼，她也吃得津津有味。他一直认为，那是他一生中最富有诗意的一段时光。

但如今，白月光已不再飘逸，生活被一地鸡毛占满，时间也磨光了他心中的诗意，他再也没给白月光写过一句诗。他甚至觉得，自己可能再也写不出诗了。

那晚，他加了茉莉的微信后，回家再看到已熟睡的妻子满脸的雀斑与细纹，竟有些难过。躺下后仍辗转难眠，他便轻轻披衣起床，来到书房，坐在月光下想起了茉莉，当曾经的白月光和茉莉的倩影交替在他脑海闪现时，久违的诗意在心中被唤醒，他又提起笔，感觉诗句如泉水般在笔尖流淌。

一阵细碎的脚步声响起，妻子出现在书房门口："怎么起来了？"

"哦，赶一份材料。"他合上笔记本。

"别熬夜，小心血压又升高。"妻子关切道。

"嗯，你先睡吧！"他有些不耐烦。

第二天一早，他将写好的诗发给了茉莉，热切地请她点评。然而，那边静悄悄的。他很失落，像情窦初开的男孩壮着胆子表白倾慕的女孩，却被无情拒绝。但他没有放弃，又接连写了几首诗发给她。依旧毫无动静。

当他向她发出第七首诗后，她终于回信息了："大诗人，你好！"他欣喜若狂。

她热情地说："能写出如此美好的诗句，你的生活一定也充满诗意。"他说："我不小心把我的诗意弄丢了，渴望能找寻回来。"

她说："生活确实不能没有诗意。现在我正准备去茶楼品茗读诗，再聊！""能带上我吗？我还想去感受一下诗意。""当然，很荣幸！"

茉莉很快发来了茶楼地址，他立即驱车前去。

茶楼名叫"诗情"，环境简朴清雅。她一袭白旗袍，捧着一本诗集，安静地坐于窗边，像一幅动人的画。他在她对面坐下，侍者走来："喝什么茶？"她笑靥如花，"如此美好的春日，若能饮一杯西湖龙井，便是最有诗意的事了。大诗人意下如何？"他连连点头赞和。

两杯龙井上桌，葱绿的嫩芽在晶莹剔透的杯子里舞动如优美的诗行，他的心情也随之起舞。他们谈诗词、谈理想，直到日落时分依然意犹未尽。结账时，尽管两杯龙井贵得离谱，他也觉得值。

回到家，他迫不及待发信息给茉莉，问她在做什么？她说马上准备在视频号直播，让他有空去她的直播间看看。他点进她的直播间，只见她正含情脉脉对着镜头说："红尘琐事绕心头，诗书清茶解烦忧。即使生活鸡零狗碎，我们仍然不能丢掉诗和远方，一卷诗书，一壶清茶，便能让生活增添几许诗意，大家如果赞同我的说法，就请点赞，记得刷礼物给我哟。"她的话仿佛有魔力，让他忍不住在平台充值买了很多礼物，都送给了她。

以后的日子，他多次约茉莉聊天，两人似乎都有了热恋的感觉。但每次的约会地点，茉莉都选择在"诗情"茶楼，她说那里有情调。他觉得那里的茶水过于昂贵，也曾精心挑选其他有情调的茶楼约茉莉见面，但她总会以各种原因拒绝前往。他只好妥协，能和她聊诗赋词，贵就贵点吧！诗意岂能用金钱衡量？他安慰自己。

但有一天，他偶尔路过"诗情"茶楼，透过玻璃窗，刚好看见茉莉正和另一个男人有说有笑。他忽然有种对方正一脚踏多船的感觉。思前想后，当晚他发信息给茉莉："我今天看到你和一个男人在茶楼。"茉莉迅速回复："我们只是普通朋友，你有什么权力质疑我？"他立刻就后悔了，他确实没资格要求对方什么，又何苦惹怒她？于是他绞尽脑汁写了首诗跟她道歉，她却冷冰冰地回答："我们到此为止吧。你以为你那些穷酸的诗很值钱吗？以后别再发给我了。"他想向她解释，对方却将他拉黑了。

茉莉从此在他的生活里消失了。他觉得恍若做了一场梦，心里空落落的，仿佛日子都失去了光彩，天天没精打采。

一天晚上，他和妻子边吃晚饭边看电视，电视里正在播放一条新闻：警方破获一起新型诈骗案件，诈骗集团以美女为诱饵，以茶楼为幌子，约受害者喝茶，收取天价费用。画面里，出现了警察抓获的多名作为"诱饵"的美女。他忽然觉得其中一个很眼熟，是茉莉。他顿时明白为何人家指定只去一家茶楼了，可如同哑巴吃黄连，他有苦却不能说，越想越气，竟脸部泛红，血压飙升。妻子见状，立即去拿降压药。在取酒柜上面的药箱时，手忙脚乱的妻子不小心碰到另一个木盒子，盒子翻了下来，一大沓稿纸四处散落。妻子也顾不得去捡，先拿了药和水给他吃下，见他平静了许多，这才转身去收拾。

他定了定神，也走过去帮忙。突然发现那些泛黄的稿纸上，正是他当年写给妻子的诗啊。

"这些诗你还留着啊？"他很意外。

妻子轻轻一笑："当然，多宝贵啊！"

"这些穷酸的诗又不值钱，留着干啥？"他不禁又想起茉莉，自嘲道。

妻子羞涩得像个小姑娘："这哪是钱能衡量的？"

妻子拿起一张稿纸，轻轻地念了两句，还有些陶醉，脸都微红了。但他这时却看到妻子胸前沾了几粒米饭，顺手去给她摘了下来。

妻子叹了口气："以前，你在诗里称我是白月光，你看，现在我都变成白米饭了。"

他的心微微一颤，说："米饭多好啊，过日子必不可少。"

（原载 2024 年 3 月 14 日《羊城晚报》）

◀ 冰疙瘩

到上海出差，他突然想起久未联络的一个人，那人正是上海人。

他从手机通讯录翻出一个号码，大学毕业二十年了，他从没拨打过。迟疑许久，他打了过去，自报家门后，一个冰冷无温度的声音传来："晚上见一面吧！"说完，对方毫不客套地挂断了电话，和他预料的一样。

很快，他收到对方的信息，是晚上聚会的饭店地址，信息简明扼要，没有一个多余的字。他犹豫是否赴约，那人的性格他并不喜欢，甚至有点反感，以前同学时，他就觉得和那人是两个世界的人。但他还是有些好奇，都说岁月是一把杀猪刀，他很想看看岁月有没有将那个又冷又硬的"冰疙瘩"摧残成另外的模样。

大学时期，他们宿舍共五个人，张默来自大城市，又是富二代，身上有种让人高不可攀的高冷和傲气，另外三个男生都有点排挤张默，背地里叫张默"冰疙瘩"，张默压根懒得搭理他们，每天独来独往，除了上课，就是窝在宿舍旁若无人地打游戏、吃美食，日子过得潇洒又随性。而他，来自穷乡僻壤，家境贫寒，上大学的学费都是父母找亲朋好友借的，他敏感且自卑，不敢得罪任何人，对谁都是小心翼翼的，甚至有点讨好他们，但舍友依然把他当个小透明一样。

同学们最开心的事就是去食堂打饭，可以选不同的食堂，换着花样吃。而他，最害怕的就是进食堂。他的生活费很少，每次他都是等同学们离开食堂后，才匆匆走进食堂，买几个馒头和最便宜的素菜。怕别人笑话他吃得寒酸，他从来不和同学一起吃饭，而是趁无人注意时，偷偷溜进宿舍后面的小树林，快速吃完再出来。

那天，他小树林吃饭，接到母亲的电话。母亲为难地说："你爸爸在工地摔伤了，这段时间在家养伤，工钱还没有结，生活费过段时间才能打给你，你先找同学借点，到时候再还给别人。""妈，没事，我身上还有钱，不够用的话我找同学借，我和同学关系挺好的，亲如兄弟。"挂掉电话，他从口袋里取出钱包，数着仅剩的三十多块零钱，埋头哭起来，一文钱难倒英雄汉，更何况他还只是个学生，再过几天，他就没钱吃饭了，他不知道找谁借，也没人会借给他。

那天晚上，他只吃了一个馒头。下晚自习时，宿舍里几个人正津津有味吃着蛋糕，他饿得直咽口水，为避免失态，他拿起洗衣盆逃离宿舍，来到洗衣房洗衣服。正洗着，张默突然过来了，将几件脏衣服丢进他盆里，毫不客气地说："学校的洗衣店关门了，帮我洗一下！"他本想拒绝，又不敢得罪同学，就硬着头皮帮张默洗了。

第二天，他洗衣服时，张默又将一套衣服放进他的洗衣盆。"你昨天洗的衣服比洗衣房洗得干净，再帮我洗一次。"他气愤又委屈，真想将张默的衣服丢在地上，然后狠狠地骂一句："你没长手吗？"但他还是强忍住了，同一个宿舍，低头不见抬头见的，即使做不成朋友，也尽量不要成为仇人。

第三天，他洗衣服时，张默再次将一套脏衣服拿给他，理所当然地说："帮我洗洗。"这一次，他再也忍不住了，没好气地说："你自己洗吧，我没有义务和责任帮你洗。"

张默朝周围看看，见四下无人，掏出二十块钱塞进他的校服口袋，"帮帮忙，这是洗衣费。"虽然他觉得受到了极大的侮辱，但这二十元钱够他吃好几天了，在吃饭都成问题时，面子和尊严又算什么呢？他帮张默把衣服洗了。

后来，张默天天把脏衣服拿给他洗，每个月偷偷给他六百块洗衣费。宿友们见他给张默洗衣服，嘲笑他是"张公子的洗衣工"。他听了，觉得特别屈辱，找到张默说："以后，你的衣服我不洗了。"

张默正在玩电脑游戏，头也没抬："我对洗衣粉过敏，洗不了。"

"那你还是送洗衣店洗吧！反正你有的是钱。"

"洗衣店都是一大堆衣服混在一起洗，洗不干净，穿在身上浑身发痒。"

"你找别人给你洗吧！"

"找别的同学帮忙洗，他们一次要收三十，找你最便宜。"

听张默这样一说，他平衡了很多，帮张默洗衣服，用劳动所得换取收入，没什么见不得人的。

大学几年，靠着给张默洗衣服的钱，他不仅能够吃饱饭了，还可以省下一些钱零花。

毕业后，他和张默再也没有联系过，听同学们说，张默回到上海，进了家里的家族企业。

当晚，他和张默见了面。张默还是一副高冷的样子，只是脸上多了岁月的痕迹。

张默点了一大桌菜，给他倒上了酒。他再也不是当年那个胆小怕事的穷学生了，酒酣耳热之后，他一股脑儿地倒出了当年的苦水："大学那会儿，你是谁也不放在眼里，我给你洗了四年衣服，让同学们笑话了四年。"张默不语，脸上没有任何情绪。

那晚，他喝多了，吐了一身，后来就断片了。醒来时，已经是第二天早上了。

张默将他的衣服拿到床头，说："昨晚你吐得浑身都是，我给你把衣服洗了，烘干了。"

"你会洗衣服了？"他无比惊讶。

"我小学就会洗衣服。"

"你不是对洗衣粉过敏吗？"

"本人百毒不侵，对什么都不过敏。"

"大学四年，你是故意把衣服给我洗的？"

张默不说话，嘴角扬起一抹似有若无的笑意。他心里一热，光着臂膀冲过去，给了张默一个大大的拥抱。

"你真矫情。"张默淡淡一笑，他笑着捶了张默一拳。

（原载 2023 年 9 期《小说月刊》，2023 年 11 期《微型小说月报》转载）

◀ 一个人待会儿

下班早，他把车停在小区门口的花园旁边。

看看手表，时间尚早，他决定一个人待会儿。打开车窗，温柔清爽的微风夹杂着桂花的芬芳扑面而来，吹散了他工作一天的疲惫，令他神清气爽。

他调低座椅，半躺着，望向窗外。车边，一棵古榕树舒展着遒劲的身姿，浓墨重彩的翠意倾泻而下。夜鸟在枝头低吟浅唱，草丛内，虫鸣唧唧，使四周显得越发幽静。打开车里的音响，舒缓的古筝曲如泉水轻轻流淌，一直流进他心里。

他微闭双眸，沉浸在独处的静谧和欢愉中，忘却了时间和空间。他有些恍惚，感觉身体慢慢变小变轻，如一片轻盈的羽毛飘出车外，自由飘飞在鸟语花香的大自然里。

虽然他不惧社交，也不排斥热闹，但他一直认为，人需要独处。

念书时，一下课同学们就三五成群聚在一起，热火朝天地聊天，无所顾忌地打闹。有时候他也参与其中，但大多数时候，他喜欢独坐在座位上，看看书，听听音乐，或者静静地看着同学们玩耍。老师们都很喜欢他，常在班上表扬他，说这孩子性格好，好静，沉得下心，是块读书的好料子。

寒暑假，兄弟姐妹整天往外面跑，逛街的逛街，聚会的聚会。只有他爱待在家里，帮父母做做家务，看看电视纪录片，很多时候，他就躲在卧室看书做功课。父母对他很满意，逢人便夸他，说这孩子让人安心，从不外出惹事，本本分分的，学习更是不用操心。

他没辜负老师和父母的期望，一路读完了博士，毕业后进学校当了老师。

他和妻子就相识于校图书馆。她说，在图书馆见到他的第一眼就爱上他了，被他那种沉静的气质深深打动了，她还说现在的男人大多数都浮躁，而他是个另类。后来，她成了他的妻子。

参加工作，结婚生子后，他就没有什么独处的机会了。单位里，十几个老师共用一间办公室。办公室每天人来人往，纷纷扰扰。家里，孩子出生了，父母过来帮忙带孩子，一家子人挤在一起，也整天闹哄哄的。

"咚咚咚"，一阵急促的敲窗声将神思梦游的他硬生生拽回现实。他一个激灵，睁开眼睛，小区保安大刘的脸正凑在车窗边。林老师，你没事吧？

没事，我一个人待会儿。

没事怎么会一个人待在车里，下班了也不回家？

真没事，待会儿就回。

是不是遇到什么事了？工作压力大？跟老婆闹矛盾了？大刘

满脸疑惑地看着他穷追猛问。

没事没事。他赶紧下车回家。

第二天一早，他刚出门，碰到了邻居王奶奶。王奶奶好奇地审视着他说，小林，昨天在保安室听人说你下班了也不回家，一个人待在车里，没事吧？

王奶奶，我没事，好着呢！他尴尬地笑。

怎么可能没事？没事干嘛一个人待着？是不是有什么想不开的事？碰到麻烦了？哎呀，有事可不能一个人憋着，会憋出毛病出来的。王奶奶放鞭炮一样噼里啪啦地说着。

真没事，我上班去了啊！他逃也似的快步离开了。

晚上一进家门，母亲就走过来，上上下下打量他，儿子，听隔壁王奶奶说，你昨天下班后一个人在车上坐着，出什么事了？

妈，我能有啥事？不是好好地站在你面前吗？他苦笑。

没事怎么一个人在车上发呆？为什么不直接回家？以前你下班都是直接回家的。

我只是想一个人待会儿。

干嘛要一个人待着？你不会得了抑郁症吧？最近我在网上看到新闻说，有老师工作压力大，得了抑郁症，跳楼死了。你可别吓我。明天我带你去医院心理科看看，母亲苦口婆心地说。

妈，我没病。他快步走进卧室，关上了门。

妻子一见他，凑到他面前这里嗅嗅，那里看看。你跟我说实话，你是不是外面有别的女人了？

你胡说八道什么？他有些恼火。

那你为什么宁愿一个人待在车上也不回家？你是嫌弃这个家还是嫌弃我？

你想多了，我只是想一个人待会儿，没别的意思。

鬼才相信，喜欢一个人待着干嘛要结婚成家？干嘛要生小孩？一辈子一个人待着算了。老婆的声音怒气冲冲地在他耳边轰炸着，他感觉头都要爆炸了。

几天后的中午，同事们在办公室闲聊，女同事们聊穿衣打扮，男同事们聊八卦是非，他不感兴趣，就拿了份报纸在外面的小亭子里看。

林老师，你怎么一个人坐在这里？一个威严的声音突然响起，他吓了一跳，一抬头，看到校长突然走进来。

哦，我一个人在这里待会儿。

林老师，我前几天听人说你下班了不回家，一个人坐在车上，今天又看到你一个人坐在亭子里，我觉得你有点孤僻不合群，不善于团结同事，不能和同事打成一片，这点你得好好改改啊。校长语重心长地说。

他无言以对，勉强挤出一个笑，悻悻地走开。就想一个人待会儿，怎么这么难？他郁闷地想。

（原载 2022 年 3 月 2 日《羊城晚报》，2022 年 10 期《小小说选刊》转载，入选长江文艺出版社《2022 年中国小小说精选》）

◀ 有你在的城市

　　她推着行李箱来到湛江时，感到一阵熟悉而亲切的气息迎面扑来。其实，她是第一次来这里。

　　她径直来到赤坎老街，找了间小旅馆住下。而后，她便像鱼儿滑入水中，慢悠悠地游弋在老街的大街小巷。

　　古老的居民楼静静挺立，身上雕刻着岁月的痕迹；一棵棵遒劲的古树，给老街涂上浓翠、淡绿、鹅黄的色彩；诱人的香气从小吃店飘出来，挑逗着行人的食欲；卖老冰棍的、卖糖水的叫卖声不绝于耳，仿佛从古老的年代中传来。街上的行人面带笑意，步履不慌不忙。在老街，她觉得时光突然慢下来，静下来。

　　在一家名为"时光物集"的旗袍店，她买了条蓝色麻布旗袍穿上身，每走一步，脚步都似流云般轻盈。走进本利士多日杂店，在一排香皂前，她眼睛一亮，一下子买了三块。走出店门，她拿起香皂，轻轻抚摸，如同爱抚着一块温润的美玉。她把香皂捧至鼻前，闭上双眼，深吸一口气，茉莉花的清香钻入她的五脏六腑，如饮了一杯浓醇的美酒，陶醉，微醺。良久，她才睁开眼。发现路人正好奇地看着她——她像个被人发现秘密的少女，红霞满面，慌忙把香皂丢进包里。

古色古香的骑楼，散发着神秘的气息，精致的雕花无言诉说着昔日的辉煌。骑楼下，不时有头戴簪花的娇俏身影袅袅走过。她驻足，看着她们，心里的羡慕像她们青丝中的鲜花，浓烈得化不开。

肚子有点饿了，她开始觅食。穿街串巷，盯着小吃店的招牌，走过一家又一家，在"水井海鲜捞粉"店门前她停下来。"老板，来碗海鲜捞粉。"她的语气如熟客一样熟稔。

她在店旁水井边搬起一把小椅子坐下，店家端来一大碗海鲜捞粉。她用筷子搅拌了一下，雪白晶莹的粉条裹上浓油赤酱，饱吸了海鲜的鲜甜，开始在她的唇齿间弹跳起舞，她的心也随之轻舞飞扬。

黄昏时分，她搭车来到金沙湾海滩。坐在椰子树下，静静地看着落霞火焰般从天际燃烧到海面，一幅色彩斑斓的油画在海上生成。无数只海鸟在这幅油画中划着优美的弧线。她一阵恍惚，感觉身子飘起来，飘入画中。

晚上，她躺在旅馆的床上，辗转难眠。"我来到你的城市，走过你来时的路……"陈奕迅的歌声从对面奶茶店传来，细雨般洒落在她耳畔。她心头一颤，一颗泪珠从眼角无声落下。她又想起了他。

其实，他们只不过才认识半个月而已。

她爱好写作，半个月前，应邀参加某杂志社举办的笔会，他刚好坐在她旁边。他看着很高冷，一副"生人勿近"的样子。她性子矜持而慢热，也懒得搭理他。但她总能闻到一股子淡淡的茉莉花香气从男人的方向飘过来。她向来不喜欢有脂粉气的男人，对他更加鄙视。

分组交流环节，他们还是被分到一组。聊起喜欢的文学和电影，他们却发现，彼此竟然惊人地相似，许多见解和观点都不谋而合——距离突然就拉近了，茉莉花香也变得好闻起来。她发现他其实不像外表那么冰冷，反而是个暖男，事事周到。吃饭时，他会给她盛饭、倒茶；人多时，他会让她走靠墙那一侧，帮她挡着拥挤……熟络后，她忍不住问他，你一个大男人，为什么要喷香水？他一愣，突然醒悟似的："你可冤枉我了，我洗头、洗澡，都是一块香皂搞定。从小到大，我用的都是我们老家赤坎老街本利士多日杂店的香皂，自带茉莉花的味道。"

说起他的家乡，他总是一脸的骄傲。他说他的家乡在中国最南端，是全国海岸线最长的城市。他说那里的大海特别美，在一个叫"金沙湾"的地方，长满椰子树，可以看到"海水共长天一色，落霞与孤鹜齐飞"的诗意画面。他说，家乡赤坎老街有一家海鲜捞粉特别好吃，食客们都围着水井吃粉。

他们还聊起自己喜欢的明星，他说他最喜欢的女明星是张曼玉，她穿旗袍特别优雅温柔。

那天开完会，大家去逛街，看见一个男人捧着一束玫瑰花。他在她身边低声说："送玫瑰花真的好老土。如果是我，我会送簪花给自己喜欢的人。在我们那里，姑娘们都有戴簪花的习惯。我们那儿有句话：一日簪花，一世无忧，今生簪花，世世漂亮。"

离别那天，在高铁站，他问她要去哪？她说，还有几天假，准备找个地方休息几天。

"要不，去我家乡看看？"他脸上充满期待，眼睛里闪烁着星光。她不敢看他的眼睛，只说已定好了地方。他眼里刚闪过的一道光迅速熄灭了，挥手对她说"再见"，转身离去。

看着他消失在视线里，她心里像被掏了个大窟窿。

两个小时后，她退了原本买好的高铁票，换了一个目的地——是他的家乡湛江。她没有告诉任何人，包括他。

她在湛江待了五天，游遍他曾说起过的每一个地方。

大清早，她又来到那家水井海鲜捞粉店。点了一碗海鲜捞粉，慢慢吃起来。吃完这碗粉，她就要离开这座城市了。她每一口都细嚼慢咽，细细回味——那应该也是他曾经吃过的味道。一边吃，她一边回忆着他们之间的点点滴滴，一碗粉吃了大半个小时也没吃完。吃着吃着，泪雾竟迷蒙了双眼。她停下筷子，低下头，不想让别人看到她的眼泪。

突然，有人拍她的肩膀。她抬头，竟然看到他站在面前，仿佛从天而降一般。

他气喘吁吁地说："刚才，我朋友在这里吃早餐，发了几张照片在朋友圈。我看到照片里有个人很像你，就立马赶过来……"

他把手中的簪花别在她头上。"很好看。"他笑着说。

她含泪而笑。

（原载 2024 年 8 月 14 日《羊城晚报》，2024 年 20 期《微型小说选刊》转载）

◀ 桃花开了

黄昏，晚霞将山里的天空涂抹成羞涩的绯红。

麦苗打猪草回来，路过她家对面的民宿，又看到了那对陌生的男女。

前些天，这对男女突然住进山里的民宿，他们打扮时髦，男人头发花白，女人的眼角眉梢暗藏着细密的皱纹。

此时，男人和女人悠闲地坐在门口，有说有笑地聊着，身边的小圆桌上，一盏晶莹剔透的玻璃茶壶冒着缕缕热气，缤纷绚丽的花瓣在壶中摇曳起舞。清新雅致的青花瓷盘里，各种零食琳琅满目。

男人提起茶壶，倒了一杯，用手摸摸杯子的温度，递给女人，尝尝，这是我特意托朋友从云南寄来的玫瑰花茶。

女人接过杯子，优雅地抿了一小口说，嗯，很清香！

男人从青花瓷盘里拿出一块零食给女人，喝茶怎么能缺点心呢？来，你最爱的芝麻酥。

女人轻轻咬着芝麻酥，笑靥如花地说，如果有点音乐就更惬意了。

男人会意，拿出手机刷了几下，舒缓的音乐如清泉缓缓流淌。早给你准备好了，你最喜欢的古筝曲《渔舟唱晚》。

麦苗不禁停下脚步，好奇地望着这对男女，他们的言行举止让她觉得新鲜。

女人看到麦苗，拿起几块芝麻酥塞进麦苗手里。小妹，吃东西。

麦苗不好意思，想拒绝，男人和蔼地说，拿着吧，别客气！

麦苗腼腆地冲他们一笑，把芝麻酥装进口袋，回家去了。

到家时，麦苗的丈夫秋收回来了，正在收拾门口晾晒的玉米。秋收在县城的工地上做工，偶尔回来一次。

回来了？

秋收"嗯"了一声，头也没抬

麦苗放下背篓，说，今天我在地里忙活一天，渴死了。

秋收依然弓身扫着玉米，渴了就喝水，桌子上不是有凉白开吗？

麦苗没说话，心里涌起莫名的失落感，她也不知道自己是怎么了。

麦苗做好了晚饭，两人像往常一样，埋头吃着饭，相顾无言。这时，民宿那对男女的笑声在夜色里回荡。

麦苗端起饭碗，走到屋外，向民宿那边张望。月色明亮皎洁，那对男女正坐在月光下吃晚饭，男人不停地给女人夹菜，女人笑得像个小姑娘。

麦苗停下筷子，羡慕地望着他们，原本古井般平静的内心突然泛起丝丝涟漪。

麦苗进屋，对秋收说，对面那两口子感情真好。

秋收不屑地说，他们城里人都开放，不害臊，我估计这男女不是两口子，可能是婚外情，老夫老妻的，哪有这么亲热？

麦苗无言以对。

晚上，麦苗翻来覆去睡不着觉，她披衣起床，站在窗前，盯着民宿发起呆来。

秋收眯起惺忪的睡眼，大半夜的，你在干什么？

麦苗说，睡不着。她拿起口袋里的芝麻酥，吃了几口。

你嘴里嚼得啥？

对面两口子给我的芝麻酥，挺甜的。

秋收说，你今天中什么邪了，怪怪的，赶紧睡吧，明天还要干活呢！说完，他用被子蒙起头，很快，呼噜声便响起来。

麦苗回到床上，翻来覆去一夜未眠。

第二天一早，麦苗一起床，又忍不住望向民宿那边。女人坐在椅子上看书，男人从路边采了一大把野菊花给女人。

女人捧起花闻着。听说这里的桃花很美，我还能看得到吗？女人的声音带着淡淡的忧伤。

男人说，当然可以，明年春天，我们一起来这里看桃花。

秋收起床，看到麦苗又在偷看民宿的男女，生气地说，整天盯着人家看，早饭不做了？

麦苗赶紧回屋生火。秋收，我刚才看到那男人送给女人一把野菊花，他们还说明年春天来这里看桃花！

咱们山里到处是野花，有啥稀罕的？城里人真矫情。

麦苗垂下头，望着灶膛里的跳动的火苗不出声。

几天后，民宿的男女突然离开了，每次麦苗从那里经过，总会想起他们。

第二年春天，山里的桃花全开了，艳如云霞。秋收放工回家，路过村口，看到有个人呆呆地坐在灿烂的花影下，孤独的身影像一尊塑像。秋收觉得眼熟，凑近一看，竟然是住过民宿的那个男人。大哥，好久不见。

男人抬起头，你是？

去年，你住过这里的民宿，我家就在民宿旁，忘了吗？

男人用力挤出一抹笑，哦，是你啊，想起来了。

你怎么一个人坐这儿？大姐呢？

男人的脸黯淡下来，她三个月前走了。

走了？去哪了？

去年来这里时，她已经是胃癌晚期，当时，医生说她只有一个多月时间了，在这里，我陪她度过了最后的日子，那是我们最快乐的时光，我们结婚三十二年，我一直在忙工作，忙应酬，忙乱七八糟的事情，很少和她单独待一起，也很少陪她吃顿饭，聊聊天。

男人痴痴凝视着枝头的艳红，眼眶红了。和她结婚时，正是桃花盛开的时候，我们许下约定，说以后每年一起看桃花，可是，不是我忙，就是她忙，要不就是忘了，三十多年一晃而过，我们从来没有一起看过一次桃花。人啊，就像这花，现在开着好好的，说不定哪天就谢了……

大哥，节哀，桃花每年都会开，大姐没看的桃花，你得替她看。

男人眼含热泪一笑。

秋收突然想起了什么。大哥，你们以前吃的芝麻酥在哪买的？

县城最大的那家超市有。

第二天晚上，秋收回到家，递给麦苗一枝桃花，又将一袋子芝麻酥塞进麦苗手里。

麦苗脸一红，今天太阳打西边出来了？

秋收不好意思地挠了挠头，说，山里的桃花全开了，咱们明天去看看？

麦苗用力地点点头，一抹红霞飞上她的脸庞，她拿起芝麻酥咬了一口，酥软甜蜜的感觉包裹着她，一直蔓延到她心里……

（原载 2023 年 2 期《嘉应文学》，2023 年 7 期《微型小说选刊》转载）

◆ 像鸟儿一样飞翔

秋雁从小就羡慕天空中自由飞翔的鸟儿，于是，她随她的男人雪峰飞出小山村，飞进了城里。雪峰在一家工厂做保安，秋雁给人做保姆。

秋雁的雇主叫羽柔。羽柔很年轻，青葱水灵得像晨露中初绽的百合花。

羽柔的家是一幢别墅，富丽堂皇如宫殿。偌大的别墅，平时只有秋雁和羽柔两人，冷冷清清的。偶尔，羽柔的男人会来看羽柔，男人来之前，会打电话告诉羽柔。

羽柔每天穿着好看的衣裙，化上精致的妆容，守在电话旁，等着男人的电话。若男人说过来，羽柔会备香茗，点檀香，插鲜花，然后指导秋雁做一大桌子色香味俱全的珍馐佳肴，隆重迎接男人光临。

男人每次来都带着礼物，不是娇艳的鲜花，就是名贵的包包，要么就是高档珠宝。

男人一来，羽柔就像鲜花遇到了阳光雨露，瞬间变得生动鲜活，她会陪男人吃饭聊天，还会唱歌给男人听。羽柔嗓子好，大学学的是声乐，唱出的歌儿像百灵鸟一样动听。男人霸道地说，你的歌只准唱给我一个人听。羽柔脸一红，心里像花儿一样香甜。

男人不来，羽柔就吃不好，睡不好，郁郁寡欢，像霜打的叶子，蔫蔫的，一点生气也没有。

一次，男人带了只鸟过来。鸟关在金色的鸟笼里，红色的羽冠鲜艳如血，墨绿色的羽毛光滑柔亮，仿佛一个头戴宝石王冠、身穿飘逸长裙的仙女，美不胜收。"我不在的时候，让鸟儿陪你，为你解闷，这鸟笼是我特意订制的，里里外外全是黄金。"

从此，羽柔时常提着鸟笼在身边，鸟儿在笼子里唱歌，羽柔对着鸟儿唱歌。

虽然羽柔过着锦衣玉食的奢华生活，但秋雁一点儿也不羡慕羽柔，甚至觉得羽柔很可怜，秋雁觉得羽柔就像那只关在黄金笼子里的鸟儿。

秋雁胃病犯了，住进了医院。羽柔去医院探望秋雁。雪峰正在病床前和秋雁聊天。秋雁的眼睛闪烁着希望的光芒："现在业余时间，我都在手机上学习家庭护理、美食烹饪等家政服务知识，希望自己越做越专业。"雪峰温柔地看着秋雁，眼中写满了欣赏。

雪峰用毛巾给秋雁擦了脸，洗了一个苹果，削皮，切成小块，插上牙签，放进果盘里，端到秋雁床头，然后又冲泡了一大杯茶给秋雁。"你好好休息，我上班去了，我一下班就过来看你。告诉你一个好消息，上周，我们保安队长表扬我工作很认真，说下半年给我涨工资。"

秋雁亲昵地拍拍男人的头，说："咱们在城里好好干，明年把老家的房子装修一下，等女儿上小学时，就把她接到城里来念书，到时候咱们一家人就团聚了。"雪峰笑着点点头。

雪峰离开后，羽柔由衷地对秋雁说："秋雁姐，我真羡慕你们。"秋雁羞涩一笑，脸上浮起一抹幸福的红晕。

七夕节，男人打电话给羽柔，说过来陪她过节。羽柔化妆、打扮、洗水果、买鲜花、做糕点、做羹汤，忙了整整一天，仍然不见男人的影子。黄昏时分，男人打来电话，说临时有工作上的应酬，不来了。满桌丰盛的饭菜，羽柔一口也吃不下，闷闷不乐地喝掉了杯中的酒。

"秋雁姐，陪我出去走走吧。"羽柔脸上泪痕斑驳，妆也花了。

两人打车来到市中心一个大商场，羽柔疯狂地购物。路过商场的西餐厅时，她们竟然看到了羽柔的男人。男人正和一个女人有说有笑地吃着烛光晚餐。秋雁很生气，想冲进去找男人理论，为羽柔出口恶气，羽柔一把将秋雁拉出商场。

回到别墅，秋雁埋怨羽柔太过软弱。"其实，刚才那个女人是他的妻子，我只不过是他圈养的一只鸟儿而已，有什么资格指责他？我就是个见不得光的人。"羽柔哭得梨花带雨。

半夜，秋雁起来上厕所，看见花园的灯仍然亮着，羽柔孤零零地坐在花园里，望着天空中的月亮发呆。羽柔身旁，笼子里的鸟儿正低声叫唤，声声凄凉。

秋雁泡了一杯花茶给羽柔送过去，在羽柔身边坐下。

花园外，古榕树的枝叶在夜风中摇摆，鸟儿在枝叶间穿梭，叽叽喳喳地叫着，仿佛唱着欢快的歌儿。秋雁指着那些鸟儿，说："你看这些鸟儿，自由自在地觅食、飞翔、歌唱，多快乐啊。"说着，秋雁转头看看鸟笼里的鸟，说："这只鸟儿就太可怜了，虽然住着黄金笼子，风吹不到雨打不着，每天有可口的鸟食吃，可它再也看不到外面的蓝天，再也不能在天空飞翔了。"

羽柔叹了口气，幽幽地说道："或许，它被圈养太久，早已失去了捕虫觅食的能力，也不会飞翔了。"

秋雁说："如果它能离开这只鸟笼，它就一定可以飞上蓝天，快乐地飞翔，虽然过程可能很辛苦。"

羽柔沉默片刻，打开鸟笼的门，鸟儿惊慌地站在门口，不敢走出笼子。秋雁用力拍拍笼子，鸟儿跌跌撞撞地飞到笼子外。"飞吧，去寻找你的自由和幸福吧！"秋雁驱赶着鸟儿，鸟儿吃力地低飞了几圈，飞出了花园。

第二天一早，羽柔给秋雁结完工钱，只身离开了别墅，那些珠宝、包包和华服，她一件也没有带走。

三年后，秋雁去学校接新雇主的女儿小花放学。站在校门口拥挤的人群中，秋雁看到一个女孩走进校门，女孩特别像羽柔，秋雁想追上去，女孩已经走进校园去了。小花指着女孩的背影说："她是我们的音乐老师，她唱歌可好听啦，同学们都很喜欢她。"

秋雁一笑，抬头看看蓝天，天空中，有一群鸟儿飞过……

（原载 2024 年 3 月 15 日《羊城晚报》）

◀ 十八岁

绚丽的鲜花，缤纷的汽球，将会场装点得温馨浪漫，宛如童话世界里富丽堂皇的宫殿。

龙虾、鲍鱼、螃蟹等美味佳肴摆满了宴席的桌面，洋酒、香槟、红酒等美酒在晶莹剔透的酒杯中摇曳着动人的色泽。偌大的会场，座无虚席，宾客们身着盛装华服，一边享用美食美酒，一边观看着舞台。

舞台上，司仪用一大串美好的词句介绍今天宴会的主角，而后，优秀的女主角一袭白色蕾丝礼服，在父母的陪伴下，仪态万方地走过长长的红地毯，步入舞台正中央。明亮的灯光打在她脸上，万众瞩目的目光汇聚在她身上，她整个人仿佛在发光，美得像一朵迎风绽放的白牡丹。她淡定从容地站在台上侃侃而谈，讲述了自己的成长经历，圆满而顺遂。背景电子屏上播放着她从小到大的照片，还打出了她的名字——如珠。今天是如珠十八岁的生日宴，台下的所有人都为她而来。

在司仪的强烈要求下，如珠在舞台上展现了她的才艺——舞蹈。她翩翩起舞，舞姿优美流畅如行云流水。她的父母端坐台下，目不转睛地望着他们的掌上明珠，脸上洋溢着骄傲而又自豪的笑容。

一舞跳罢，获得台下雷鸣般的掌声和喝彩声。如珠的父母推着十几层高的蛋糕上台，为他们的女儿送上生日贺词。随后，母亲将一个包装精美的礼盒送给如珠。如珠打开礼盒，是一顶镶满珍珠的王冠，璀璨夺目，熠熠生辉。母亲介绍说，这顶王冠由国内著名珠宝设计师定制，上面的每颗珍珠都来自南太平洋。父亲温柔地给如珠戴上王冠，如珠感动得泪眼盈盈。

父母牵着如珠的手走下舞台，举起酒杯，行走在各桌宴席之间，接受宾客们的美好祝福。

服务员小米和其他服务员们来回穿梭在宴席间，续茶水、斟饮料、更换骨碟，忙得脚不沾地。她们精神高度集中地关注着各桌宾客的眼神和表情，留意着他们的用餐情况，以便及时周到地为他们服务。为了今天这个生日宴，领班再三召集他们开会，要求他们务必做好服务工作，不能出现任何闪失。今天一早，她们就开始为宴会做起了准备，时间紧任务重，她们中午就草草吃了顿工作餐，这会儿小米已经饿得前胸贴后背了。

服务员兰草悄悄凑近小米耳朵："忙了一天，我累得快散架了。"小米一笑："坚持就是胜利，再坚持几个小时，等宴席结束，咱们就解放了。"

兰草"啧啧啧"道："你瞧人家，一个十八岁生日就搞得这么盛大隆重，我们呢？却在累死累活为她的生日服务，她看起来跟咱们差不多大，真是同人不同命啊。"说完，发出几声长长的叹息，羡慕地盯着远处的如珠，"还是做温室里的花朵好，锦衣玉食，无忧无虑，哪像我们，天天奔波劳累，只为碎银几两。"

小米轻轻敲敲兰草的头，笑着说："你再羡慕人家，人家的日子也不会平白无故落你头上，也许，你羡慕她是温室的小花，风吹不着雨淋不着，她还羡慕咱们像野地里的苔藓，无拘无束，野蛮生长呢！不说了，干活了！"小米看到一个客人的面前的骨碟满了，急忙上前去清理。

宴会结束，小米拖着疲惫的身体回家。一推开家门，便看到那张狭小的饭桌上摆着热气腾腾的饭菜，番茄炒蛋，青椒肉丝，麻婆豆腐等，全是她爱吃的家常小菜。桌子中央，放着一个小巧的生日蛋糕，上面写着"十八岁生日快乐"。

"小米，生日快乐！"父母迎过来。

"快吃饭吧！你爸爸算准你下班时间，特意给你做的，还热乎着呢！"母亲将她推到饭桌前。一家三口围着饭桌坐下来。

"先点蜡烛许愿吧！"父亲将打火机递给她，她点燃蜡烛，闭上眼睛，双手合十，许了个愿。

"吃菜，饿坏了吧！"母亲夹了几块瘦肉到她碗里。

父亲起身走进卧室，拿出一个背包递给她："这是我跟你妈妈送你的生日礼物，你高中用的那个背包太旧了，马上就要上大学了，给你买个新的，商场的售货员说这是真皮的。"前不久，她刚收到一所重点大学的录取通知书。

"谢谢爸妈！"她抚摸着背包柔软的皮质，"这个礼物我很喜欢。"

"小米，你把酒店的暑期工辞了吧，我每天多送几个快递，你妈每天多卖几个包子就好了，上大学的学费和生活费不用愁，我们挣得来。"父亲慈祥地凝视着她。

"打暑期工不仅是为了挣钱，对我来说，也是一种锻炼和学习，我在酒店认识了很多同事，也增长了见识，我干得很开心！"她爽朗地说。

"做服务员太累了！"母亲说。

"做什么不累？你们送快递、卖包子不累吗？为生活而努力，累并快乐着。"她笑得像花儿一样。

"好了，我们就不劝你了，今天你满十八岁，祝你生日快乐！"父亲说着，切了一块蛋糕给她。

"今天我们酒店给一个女孩办十八岁生日宴，很隆重很热闹，刚好我也是今天十八岁，我在现场感觉就好像是给我过生日一样，现在回家了，你们又给我过生日，我一天过了两次生日，赚大了。"

吃完饭，她回卧室休息，推开窗户，柔和的灯光洒向外面，墙角那些苔藓不知什么时候开出了朵朵细小的白花，星星点点的，她心中一喜，突然想起她最喜欢的一句诗：苔花如米小，也学牡丹花。

（原载 2023 年 11 期《小说月刊》）

◀ 下次见

盼星星盼月亮，每天翻日历，没事就掐着指头算，她终于等到与他们相见的日子。

上次相聚，还是半年前。那天，楼前的紫荆花开得花团锦簇，花枝伸进了她家的阳台，他们三人坐在花下共进晚餐，吃啊聊啊笑啊唱啊，一顿饭吃到了大半夜，大家眼皮子直打架，才发现时间不早了。雪儿和剑儿澡也没洗就倒在了阳台上的躺椅上，她却怎么也睡不着，忙着给他们盖被子、点蚊香。然后，她悄悄钻进厨房做饺子。雪儿喜欢韭菜鸡蛋馅，剑儿喜欢吃猪肉酸菜馅，她每样做了些。做饺子的时候，她轻手轻脚，不敢发出一丁点声响，生怕惊扰到他们的美梦。饺子做好，天已经蒙蒙亮了，她静静地坐到他们身边，端详着熟睡中的他们，幸福而满足。

他们睡醒，去洗漱时，她开始煮饺子，等他们收拾完毕，热气腾腾的饺子刚好端上桌，看他们津津有味地吃着饺子，她觉得四围的空气都是香甜的。

相聚的时刻总是那么短暂，吃完饺子，他们就要离开了。"等您生日时，我们再见！"他们信誓旦旦地说。

她站在楼下，依依不舍地看着他们开车离去，从那刻起，她就期盼着下次见面了。

分别的半年，仿佛半个世纪一样漫长。她经常坐在阳台上，回味着上次相聚的点滴，幻想着下次相见的场景。

相见的日子总算来到了，她兴奋得一夜未眠，天没亮就起床了。

她把家里上上下下打扫一番，窗明几净，一尘不染。花瓶里插上一束新鲜的百合花，淡雅的花香在屋子里弥漫。百合花是昨晚刚在花店买的。雪儿对百合花情有独钟，说百合的清香最为清新持久。雪儿一进门便能闻见花香了，想到这里，她的心里似乎也熏染了花香。

她把紫砂茶具搬出来。她平时并不饮茶，上了年纪睡眠浅，喝茶容易失眠，茶具她一直锁在柜子里。烫洗完茶具，拆开一袋紫芽茶，倒进茶盒里。剑儿深谙茶道，上次在邻居家喝过一次紫芽茶赞叹不已。后来，她一直托邻居帮忙买紫芽茶，邻居说紫芽茶是紧俏货，不是有钱就买得到的。上周，她赠送给邻居家的女主人一条品相好的珍珠项链，说了一大箩筐好话，邻居总算托她的亲戚弄了两包紫芽茶卖给她。剑儿又能够喝上紫芽茶了，她的身体仿佛被一股温润的茶水清涤过，轻快惬意。

她把两间卧室铺上新棉被。棉被是她专程去乡下表姐家购买的棉花，找老师傅打的。这几天，她天天把棉被放在阳光下晾晒。

铺上棉被，她忍不住躺上去，宛如躺在轻盈蓬松的云朵上，舒服极了。

看看窗外，天终于亮了，她拉上小推车，兴冲冲赶往菜市场。

直奔野菜摊。"老板，马齿苋准备了吗？"女摊主一笑："阿姨，您千叮咛万嘱咐，给我说了那么多次，我哪会忘记？给您备好了，一大早从地里现挖的，新鲜得很，还带着露水呢！"瞧着翠绿水灵的马齿苋，她喜上眉梢。"看样子，您家里今天有贵客？"她笑着点点头。大家都说马齿苋酸唧唧的不好吃，可雪儿就好这口。

转到鱼档前，东看西瞧，左挑右选，挑了条活蹦乱跳的鲈鱼。她选的这条鲈鱼不大也不小，大鲈鱼肉质偏老有腥味，小鲈鱼太小未发育成熟，肉不够鲜美。"您老人家挑鱼的眼光真毒！"鱼档老板说。"没办法，今天这吃鱼的人嘴巴特别刁！"买完鱼，她又去其他档口买了一瓶猪油。清蒸鲈鱼是剑儿最爱，鲈鱼蒸好后淋上烧热的猪油，这是点睛之笔，也是剑儿喜欢的吃法。

又买了不少新鲜的肉菜和疏果，小推车堆放得满满的，像座小山。

回到家，来不及喝口水，她就开始煮羹煲汤、煮饭烧菜。一大桌丰盛诱人的菜上桌时，已临近中午。她把菜全盖上盖子，摆上干净碗筷，取出雪儿爱喝的椰子汁和剑儿最爱喝的青梅酒。

走进卧房，打开衣柜，黄红蓝绿青蓝紫，各种华服争艳斗丽，这些全是雪儿送给她的，雪儿说无论什么年纪的女人，都应该穿得漂漂亮亮的。她取出一件紫色丝绒旗袍穿上。坐到梳妆台上，将花白的头发梳得一丝不苟。打开首饰盒，各种金银首饰闪闪发光，这些都是剑儿买给她的，他说老太太就应该珠光宝气。她选了条珍珠项链戴在脖子上。

收拾妥当，她打开房门，坐在门口等着他们到来。一个多小时过去，还不见他们的身影，她有些着急了，打电话给雪儿。"亲爱的母亲大人，对不起，今天临时要见一个大客户，没办法回去给您过生日了，一忙就忘记跟你说了，我给您准备了惊喜，等会就送到，咱们下次再见！"雪儿说。

刚挂掉雪儿的电话，剑儿的电话打来了。"妈，今天我们学校有个会议，很重要，我不能缺席，不能回去了，我给您准备了生日惊喜，您等着，下次再见！"

她愣在当地，半天没回过神，半晌，才关上房门。儿女们的工作要紧，她默默开解自己。

门铃突然响了，打开门，快递小哥递给她两个包装精美的大礼盒。

拆开雪儿送的礼盒，一双高档的油蜡牛皮皮鞋泛着莹润的光泽，36码。另一个礼盒是剑儿送的，里面装着宝石般精美绚丽的糕点。

雪儿还不知道，这几年她的脚骨变形了，鞋码也变大了，36码的鞋，她已经穿不下了。剑儿也不知道，前段时间，她刚做完体检，血糖偏高，不能吃糕点了。

她独自坐上饭桌，夹了一筷子菜送进嘴里，菜已经凉透了……

（原载12月8日《羊城晚报》，2024年1月23日《作家文摘》转载）

◀ 珠光宝气

　　小城是旅游胜地，步行街更是游人如织。美珠堂珍珠店位于步行街黄金地段，店内各种珍珠珠光宝气，宛如耀目星辰，闪烁着华美色泽。

　　老板娘明珠佩戴着上好的珍珠首饰，光彩照人，简直是店里的活招牌。

　　店门口，摆放着一个大木盆，装满了肥硕的蚌，明珠的侄儿水生正麻利地开蚌取珠。他用菜刀劈开蚌壳，从蚌肉里取出一颗颗珍珠给顾客。每天找他开蚌取珠的顾客不在少数。

　　识珍珠者，一般进店选珠。不识珠者，不敢进店购买，怕买到假珠，现场开蚌取珠使他们更放心。由顾客自己选蚌，开一个蚌50元。取出的珍珠，拿进店里打磨抛光，可制作成耳环、吊坠、胸花等珍珠饰品。

　　暮春，店前来了个中年男人，穿着绿色环卫工人工作服，在水生面前驻足观望了许久，选了个蚌叫水生开。水生一刀劈开，取出十二颗珍珠，递给男人。大哥运气好啊，一个蚌里十几颗珍珠，水生说。

男人摸摸珍珠，又迎着光，眯着眼睛瞧瞧，问道：小师傅，我不懂珍珠，这珠如何？

水生说，再好的珍珠也需要包装和加工，你拿进店让老板娘加工一下，再难看的珠子也能化腐朽为神奇。

男人进店，明珠热情迎上来：大哥一看就是好男人，珍珠肯定是买给老婆的吧？

男人羞涩一笑，黝黑的脸上，皱纹如细密的波纹荡漾开来。今天老婆生日，买个礼物给她，老板娘，你看作什么好？男人把珍珠放在柜台上。

明珠指着一颗最大的，说，这个加个挂头，配条链子，可做成项链。她又指指两颗小的，说，这两颗大小差不多，颜色也相近，能做成一对耳环。剩下的这九颗，加点水晶，串成一条手链。

男人兴奋道，那好，首饰三件套全齐了！

明珠打开抛光机，给珍珠打磨抛了光，取出挂头、链子、水晶等配饰，经她巧手摆弄，很快做成好看的耳环、项链和手链。她用一个精致的盒子装起来，递给男人。

多少钱？男人问。

明珠熟练地按按计算器，说，1060 元，去个零头，收你1000 块就行了。

男人从口袋里掏出钱包，钱包很旧，破了皮。男人把钱全取出来，数了几遍，一脸尴尬地说，身上只有800 多了……

就收你 800 吧，以后要多光顾我的店啊，明珠爽快地说。

男人把钱给明珠时，她看到男人的手布满老茧。

男人走了，明珠望着他的背影，嫣然一笑，呵，又做成了一单生意！

深秋，天气转凉。明珠叫水生看店，约好姐妹玉芝去买加厚睡衣。玉芝说，同事介绍我一家睡衣店，里面的睡衣全是自己做的，质量好，款式靓，全棉，穿着特舒服，全场 80 元一件，我带你去。

玉芝带着明珠来到老城，在一个偏僻的小巷里，找到了睡衣店。店不大，挂满了各种款式的睡衣。一个女人坐在缝纫机前埋头忙活。见有人来，女人笑着抬起头，说，你们随便看。

明珠一眼看到女人佩戴的珍珠首饰，一看就是她店里的珠。哇，大姐，你戴的珍珠都是在我店里买的。

女人娇羞一笑。这是我老公送给我的生日礼物。

三个女人热切交谈着，一个穿着绿色环卫工作服的男人走进来，明珠认出是在她店里买过珍珠的那个环卫工人。大哥，还认识我不？

男人看看明珠，又看看她身上熠熠生辉的珍珠首饰，笑道，记得，你是美珠堂的老板娘，真要谢谢你，在你店里买的珍珠首饰我老婆喜欢得很，天天戴着呢！

明珠说，你瞧我们多有缘，我今天又到你店里来买睡衣。

男人一笑，你随便选，我老婆做的睡衣质量绝对过硬。

明珠在店里转了半天，挑了件酒红色的睡衣，带回店。

晚上，美珠堂正要打烊，睡衣店的女人突然气喘吁吁地跑进来。老板娘，总算找到你的店了。

明珠一脸诧异。什么事？

女人说，老板娘，中午你买的那件睡衣腋下有个破洞，我本来放在一边了，女儿不知道，又挂了起来，晚上关店时才发现那件破洞睡衣不见了，想起只有你买了件酒红色的，向我老公打听了你的地址，送件新的过来，把破的那件换回去。女人从随身布袋里拿出一件崭新的酒红色睡衣，递给明珠。

明珠从里屋找出中午买的那件睡衣，翻了半天，才发现腋下有个小小的洞，如不仔细看，根本发现不了。大姐，其实没多大事，你太有心了。

女人把有破洞的睡衣装起来，说，做什么事都不能坑人嘛，要不我心里总不踏实。

明珠心里一热，从柜台里取出一条珍珠项链，递给女人。大姐，我们有缘，这条项链送给你。

女人说，那不行，这么贵重的东西，我可不能收。

明珠说，这条项链成色一般，不值钱，你收下吧，要不然，我可不许你走咯！

女人没办法，只好收下项链。明珠望着女人的背影，心情有点复杂。那一串珍珠是她店里最好的项链之一，价值上千。

明珠把水生叫过来，郑重地说，以后，咱们要买质量最好的蚌，以前那些劣质低价蚌都不要了。

为什么？水生满脸疑惑。店里的蚌全是他们低价从养殖户那里购来的，取出的珍珠其实品相很差，到店里加工成饰品，价格翻了好几倍,利润极高。

明珠说,不为什么,只为心里踏实……

（原载 2029 年 1 月 4 日《羊城晚报》,2019 年 6 期《微型小说选刊》转载,入选百花洲文艺出版社《2019 年中国微型小说排行榜》）

◀ 父亲的秘密

夜幕低垂，华灯初上。

街道两边，大大小小的餐馆次第亮起霓虹招牌，宛如朵朵璀璨的鲜花在夜色绽放。空气中弥漫着各种美食的香气，深深诱惑着来往的路人。

街尾，一间小馆子里，一对父女正津津有味享受着丰盛的晚餐。小女孩一双小手紧抱着大鸡腿，吃得满脸都是。

年轻的父亲宠溺地看着女儿，用纸巾温柔地拭去她脸上的食物残渣。慢点吃，看你，吃得像个小花猫。

爸爸，炸鸡腿真好吃！小女孩笑得像花朵一样甜。

等下次妈妈出差时，爸爸再带你来吃，不过，这是咱俩之间的秘密，不能告诉妈妈，妈妈说这些都是垃圾食品，不让咱们吃。

好，爸爸，我不说，这是咱俩的秘密，秘密就不能告诉任何人，小女孩凑到父亲面前，放低声量说。

这时，有个男人走到饭馆门口，四五十岁的样子，提着一个大大的行李包，黑瘦的脸上布满了风霜和倦意。男人站在门口，想进来又没进，朝里张望了几眼，脸上是犹豫不决的表情，迟疑了一会儿，才鼓足勇气，怯怯地走了进来。

请问，这里的米饭多少钱一份？男人问店员。

两块钱一碗，店员说。

可以只点一碗米饭吗？男人有些不好意思。

店员打量了男人几眼，说，可以。

我要一份米饭，男人局促地说。

店员和善一笑，好，你先坐，饭马上来。

男人走到一个角落，放下行李，坐下来。男人的座位离父女俩不远，正对着年轻父亲。

店员端来一碗热气腾腾的白米饭，男人从行李包里掏出一瓶咸菜，用筷子扒了一些到碗里，就着米饭，大口大口吃起来，那样子，仿佛是一个很久没吃东西的人突然吃到了山珍海味。吃着吃着，男人突然噎着了，他干咳了几声，从行李包里取出一个旧保温杯，来到餐馆柜台前，柜台旁摆着一排开水瓶。

这里的开水是免费的吗？男人问店员。

店员点点头。

男人倒了一杯开水，回到座位上，埋着头，边喝水边吃饭。

年轻父亲看着男人，若有所思，他悄悄走到店员身边耳语了几句，回来继续吃饭。

很快，店员给男人端过来一盘青椒肉丝。男人连连摆手，我没点菜。

店员说，今晚我们店做活动，给进店的前十名客人各送一个菜，免费的。

是吗？那太感谢了，男人一脸感激。

看对面的男人大快朵颐地吃着菜，年轻父亲会心一笑。

没吃几口，男人的手机突然响了，男人急忙放下筷子接电话。

喂，丫头啊，你在学校还好吧？别太省，好好吃饭，好好学习，我挺好的，已经找到工作了，单位包吃包住。你别担心。我正在单位食堂吃饭呢！我吃什么？我正吃着青椒肉丝呢！不信？你这丫头，老爸怎么会骗你？我真的在吃饭。视频？下次再视频吧，这会同事们都在，怪不好意思的。真的真的，我不骗你。男人着急地涨红了脸。

年轻父亲见状，急忙走过去，对着男人的手机大声喊，你快点吃，等会儿咱们还要加班呢！

男人对年轻父亲投来感激的一瞥，继续讲电话。是我的同事，叫我赶紧吃饭，这下你相信了吧？我先吃饭了，有时间我再跟你打电话，丫头再见！

男人挂掉手机，长长地松了一口气，抬头对年轻父亲一笑，刚才，谢谢你。

年轻父亲笑笑说，不客气，一句话的事儿。

男人吃完饭，去柜台结了账，回头对年轻父亲挥挥手说了声"再见"，提着行李走了。

看着男人瘦削的背影走远，淹没在大街上汹涌的人潮里，年轻父亲的眼睛湿润了。

爸爸，你怎么哭了？小女睁着亮晶晶的大眼睛，疑惑地看着父亲。

爸爸想你爷爷了。

你和爷爷有秘密吗？

当然有。

什么秘密？

这是我和你爷爷之间的秘密，是秘密就不能告诉任何人。他出神地望着窗外的夜色，想起了很多和父亲之间的秘密。

小学暑假，趁母亲睡了，父亲叫他起床，偷偷带着他去村口的大河里游泳，天快亮了才回去。

十八岁生日那天，父亲领着他在一个小馆子里吃饭，父亲点了一瓶酒，要他也喝一杯，说喝了这杯酒，从今往后他就是大人就是男子汉了。

大三那年，他羡慕同学有高档手机，他借遍同学和朋友也买了一部，后来还不上钱，被人追账，班主任把事情告诉了父亲。父亲扇了他一耳光，那是父亲第一次打他。后来，父亲求爹爹告奶奶四处找人借钱，给他把账还了。那段日子，父亲对母亲谎称单位加班，下班后帮人送水送煤气，饿了就吃馒头和咸菜，三个月后才把借别人的钱还清了。

他和父亲之间有很多的秘密，然而，有一个秘密，父亲却一直隐瞒着他。大学毕业那年，他在一家单位实习，为了好好表现，他过年也没有回家。年后回去，父亲已经不在了，原来，父亲半年前诊断出肝癌，晚期，怕他伤心，一直没有告诉他。

他打开手机，点开父亲的照片，长久地凝视着。

爸爸，你这么大了，还想自己的爸爸啊？

在父母面前，再大的人都是孩子。说着，一滴眼泪从他眼角悄然滑落......

（原载 2022 年 8 月 14 日《惠州日报》，2022 年 17 期《小小说选刊》转载，入选安徽、湖北等多地中考语文试题）

◀ 饭 碗

虽是老实巴实的农民，德柱心里却埋藏着一个作家梦。

忙完地里的农活，德柱会拿起纸和笔，走进庄稼地，坐在田埂上，写点小文章，叫孙子用电脑打出来，投进市里各大报刊的邮箱。大多时候，他的文章总是石沉大海，杳无音信。偶尔，才会有一两篇"豆腐块"发表出来，每每此时，他兴奋得如同中了大奖，拿着"豆腐块"四处给人看，看！我的文章发表了！于是，村里人见到他就说，大作家，你好！虽有嘲讽的意味，他却不恼。老伴说，别瞎写了，又不能当饭吃，再说，你一个土老帽，能当上作家？他呵呵一笑，说，别门缝里瞧人，大作家马力，以前也是农民，人家还捡过垃圾要过饭呢！呛得老伴无言以对。

这天，德柱在地里割稻谷，累到浑身虚脱才回家吃午饭。他端起饭碗，边吃饭边看电视，无意中听到电视里播出了一个通知：今天下午两点，著名作家马力将在西湖丰湖书院乐群堂举行演讲和新书签售活动。他一个激灵站起来，看看墙上的时钟，指针正指向下午一点。马上坐车出发，一个小时应该能赶到西湖，他想。这时，外面响起了汽车鸣笛声，有汽车到门口了。他端起饭碗，拔腿就往外跑。

老伴从后面追过来，死老头子，你去哪？我去西湖见马力。老伴从口袋里掏出一沓零钱，土老帽，你出门也得带车费啊。他一把接过钱，快步走进路边的汽车。

他一上车，满车乘客便哄笑起来。他瞧瞧自己，踩着拖鞋，穿着脏兮兮的汗衫和短裤，还端着一大碗饭菜，自己也忍不住笑起来。司机旁边有个座位，他一屁股坐下。早已饿得饥肠辘辘的他，顾不上形象，狼吞虎咽吃起来。司机笑笑说，端着饭碗坐车的乘客，我还是第一次见，真稀奇！他尴尬一笑，说，赶时间去西湖，来不及在家里吃了。司机问，去西湖干什么？他说，去见我的偶像马力。

三下五除二，一大碗饭菜他飞快吃个精光。司机调侃他，你捧着饭碗去见偶像啊？他如梦如醒，说，我这打扮，再加上这个大饭碗，搞不好，别人以为我讨饭的呢？他的话逗得车上的乘客又哄笑了起来。他对司机说，师傅，你停一下，我马上回来。司机刹车，他下了车，把饭碗轻轻地丢在了马路边的草丛里。汽车还没开出多远，路旁，是他的老伙计铁锁的稻田。幸好铁锁不在地里，要不然看到我这狼狈样，肯定得笑话死，他想。他回头看了饭碗一眼，返回了车上。

汽车飞驰着，司机回头看了看他，说，咦，你的饭碗呢？他说，我丢掉了。司机说，什么都能丢，唯独饭碗不能丢啊！司机的话在理，他的心里不由泛起淡淡的忧伤，他有点后悔丢了饭碗，丢掉饭碗，这是不好的兆头啊。更何况，那个饭碗有着特殊的意义。饭碗是刚结婚时，老伴特意给他买的，陶瓷的，四周印着大红的喜字，老伴说他饭量大，专门买个大饭碗给他盛饭。从此，这个饭碗伴随着他的一日三餐，陪伴了他整整三十二年，虽然饭碗四周的喜字脱了色，碗的边缘还缺了个小角，他和老伴还是舍不得扔，他们对这碗有感情了。想到这里，他的心里变得空落落的，怅然若失。

西湖到了，他跑步穿过苏堤，赶往丰湖书院乐群堂。乐群堂里挤满了人，他只好站在门外。他趴在窗口，看到自己的偶像近在咫尺，激动得热泪盈眶。演讲开始了，马力充满激情地讲述了他从农民成长为作家的奋斗历程。窗外的他听得热血沸腾，整个人仿佛打了鸡血，浑身都是劲。演讲完毕，马力开始了新书签售。他站在长长的队伍后，焦急等待着。漫长的两个多小时过去，终于轮到他了。他买了两本马力签名的书，对马力说，马力老师，您是我的偶像，我要向您学习。马力微笑地看着他，说，加油！他感动得几乎眩晕。

拿着马力的书，他依依不舍地走出丰湖书院，飞快奔向车站，坐上了最后一趟回家的车。一路上，那个饭碗不停在他脑海里闪现，让他坐立不安。在车子抵达德锁稻田边时，他下了车。在路边来来回回找了好几遍，没有看到饭碗的影子，他十分难受，那么破旧的饭碗也有人捡走，完全出乎他的意料。黄昏时分，他才失落地走到家。

一进门，他竟然看到桌子上有个饭碗，跟自己丢掉得那个很像。他端起饭碗，轻柔地抚摸着，果然是自己丢掉的饭碗，手感一模一样。他喜极而泣，像在做梦一样。老伴走过来，说，下午铁锁从地里回来，跟他媳妇说在稻田边看到一个大饭碗，说是好兆头，预示着上天赏饭吃，我听到了，寻思肯定是你丢掉的，就去路边捡回来了，你啊，自己的饭碗，怎么能丢呢？他擦干眼里的泪水，说，绝不会有下次了。

吃晚饭时，他打开电视，电视新闻正在报道马力的演讲和新书签售活动。马力接受了记者的采访，记者问马力，你最想对现在的文学爱好者说什么？马力说，我最想对大家说的是，先有生活，然后才有文字和远方。

他紧紧捧起饭碗，说，是的，保住了饭碗，才有文字和远方，明天我先收割稻谷，收完了继续写文章，继续做我的作家美梦。

老伴"扑哧"一笑，他也跟着笑起来。

（原载 2017 年 9 月 5 日《河源日报》）

◂ 松　果

·················

　　大学毕业后,他到南方打拼、成家立业,不放心母亲独居老家,在他强烈要求下,母亲"南迁"来到了他所在的城市。

　　到南方后,母亲隔几天就打电话回去,询问家乡的情况。天气预报,她每天必看,特别留意家乡的气温,嘴里念叨着,老家这几天很热,老家明天下大雨之类的。每年,母亲会独自坐上火车,穿越一千多公里,回老家看几次。这几年,母亲年岁大了,身体也大不如前,回老家的次数便少了。

　　年初,母亲大病了一场,刚病愈,她就拖着孱弱的身子回了趟老家。半月后,母亲从老家回来了,他去车站接她。母亲手里除了行李箱,还多了一个大袋子。瘦小的母亲,一手提着旅行箱,一手提着大袋子,显得很吃力。他走上去帮忙,母亲把行李箱给了他。

　　一路上,母亲紧紧抱着大袋子,如同抱着一袋珍宝。他不禁暗自偷笑,不过是从老家带回的一袋土特产,母亲却视若珠宝,她越活越像小孩了。

回到家，母亲还没坐下喝口水，就从房间里找出一个竹篮子，用毛巾里里外外擦拭了好几遍。

母亲开始解大袋子的线绳。妈，你带了什么土特产回来啊？他凑上前。

不是土特产。

是啥？

母亲没说话，解开袋子，里面竟然全是干松果，圆溜溜的，像一朵朵褐色的花，散发着淡淡的幽香。母亲小心翼翼把松果掏出来，轻轻放进篮子里。他站在一旁，哑然失笑，他平时喜欢摆弄干莲蓬、干花、干树枝之类的，觉得它们极有禅意和雅趣。爱屋及乌，母亲可能是受自己影响吧，他想。

母亲把一篮子松果提到她卧室，放在床头的梳妆台上。从那以后，他常看到母亲坐在松果旁。有时候，她静静凝视着松果发呆；有时候，她会对着松果喃喃低语；有时候，她拿起松果，温柔地抚摸。

一天，松果上突然爬了几只蚂蚁，母亲如临大敌，拿着杀虫剂，朝着松果好一阵喷洒，直到那些蚂蚁全部倒下，死去。然后，她跑去了布料市场，淘回一匹上好的丝绸，修剪，缝制，连夜赶做了一个袋子。她把松果连装进袋子里，放在她枕畔，每天伴她入睡。

母亲对松果的过分痴迷令他感到奇怪，他想母亲或许是寂寞无聊了，找个精神寄托也好，所以并没多问。

暑假，他的女儿放假了，吵着要跟奶奶同睡。第二天，母亲晨练回来，突然大叫起来，我的松果不见了，谁拿了我的松果？

奶奶，睡觉时，那些东西老磕我的头，今天我打开一看，是松果，就拿去和小伙伴们"打仗"了，用它们做子弹，把小伙伴们打得落花流水，女儿笑呵呵地说。

母亲一听，急得像热锅上的蚂蚁。丫头，你扔哪儿了？快告诉我。

楼下小区的草坪上。

母亲鞋子都没有换，匆匆下楼了。他也跟了出去。

母亲在草坪上来回穿梭，寻找，不停在草丛里扒来扒去，不放过任何一个角落。

妈，别找了，不就是一袋松果吗？明天我带你去郊区树林里捡，捡一大袋子。无论他怎么劝说，母亲仿佛没听见似的，仿佛是掘地三尺也要把松果找回来。一直找到天黑，她只寻到五个松果。母亲坐在草坪上，紧紧捧着失而复得的五个松果，抬起头，呆呆地望着远方，一语不发。

自从母亲从老家带回一袋松果后，就做出了各种让人匪夷所思的事情，他越想越觉得奇怪，越想越害怕。

他打了个电话回老家，把母亲怪异的举动一股脑儿给母亲的好姐妹芳姨讲了。电话那头，芳姨深深地叹了一口气，说，你妈带回去的松果不是普通的松果啊，是你妈在家乡的松林里捡的，那里有你外婆的坟，这些松果散落在你外婆坟头。

记得小时候，你妈和你外婆常在那里捡松果，当柴火，易燃。松果一烧，就"噼噼啪啪"地响，像鞭炮声一样。那时，你妈他们家里穷，经常过年买不起鞭炮，你外婆就带着你妈捡一满背篓松果，吃团年饭的时候，把松果丢进火盆里烧，热热闹闹的，一家人不知多开心。

现在，你妈年岁大了，加上身体也不好，不能常回乡了，祭拜你外婆的时间也少了，她没法常在你外婆坟前陪母亲聊天了，你妈心里总觉得遗憾和愧疚，也不敢跟你们讲，怕给你们增加思想负担。她上次回来，看到你外婆坟前的松树长得特别茂盛，心里很慰藉，特意在你外婆坟头捡了一大袋松果，带回去。

俗话说，人老思乡，鸟老思林啊，人啊，一老就会常想自己的来处，想自己的母亲，跟小孩一样……

听着芳姨的话，他泪眼蒙眬。他又打了个电话给领导，说，无论如何，我必须休几天假。

晚上，他来到母亲的卧室，母亲正坐在灯下，望着松果出神。

他在母亲身边坐下。妈，我陪你回老家看看吧，我们去外婆坟前捡点新的松果，我们明天一早就出发……

母亲转过头，望着他，然后一笑，眼里有欣慰的泪花在闪烁。

（原载 2020 年第 3 期《小说月刊》，2020 年 21 期《小小说选刊》转载）

◀ 芳 邻

激烈的争吵声夹杂着孩子的哭声突然传来，扰乱了肖月明的写作思绪，他从电脑前起身，寻声走出来。

声音来自他工作室旁边的包子铺，这间门面刚租出去不久，一对夫妻在这里卖包子。

包子铺里，夫妻俩在吵得不可开交，两口子都在埋怨包子铺生意不好，每天亏本，没钱给孩子交学费，俩人互相指责，各不相让，他们的孩子可怜兮兮坐在地上，埋头哭泣。

他走进去，想劝架，却不知道该说什么，就大声说，老板，买一笼肉包子，打包走。

争吵声戛然而止，女人破涕为笑，麻利地捡了一笼包子，递给他。

回到工作室，他打开袋子，白嫩嫩的包子，香气四溢，如一个个晶莹剔透的小灯笼。他拿起一个咬了口，蓬松柔软的外皮入口即化，鲜嫩的猪肉喷涌出热腾腾的油汁，在唇齿间流连缠绵，满口生香。真好吃！他在心里赞叹。他一口气吃完了一笼包子。

第二天，他去包子铺买了一笼包子做早餐。

以后的日子，他每天去包子铺买包子，自己吃，也拿来招待来工作室的朋友。

新开张的包子铺，没有名气，没有口碑，没有回头客，生意依旧清冷，两口子时常还会拌嘴，孩子的哭声常伴左右。这么好吃的包子无人问津，可惜了。他从心底里为他们惋惜。

一天，他接到本地美食杂志的约稿，约他写一篇美食文章。一些饭店酒楼得知消息后，纷纷登门，请他去写他们的招牌美食，并许下高额稿酬，他婉拒了。写什么他早已心中有数，他要写邻居的包子。

文章很快在杂志上发表，他在朋友圈四处转发，又让他的亲友帮忙转发，反响热烈，吸引了当地电视台来包子铺采访。一时之间，包子铺成了网红小店，市民们排着长队来买包子。

包子铺的吵闹声、哭声消失了，取而代之的是食客的叫好声、夫妻的笑声和孩子的歌声。他替他们高兴。

包子铺的生意异常红火，小小的铺面已经无法容纳日益增多的食客了，夫妻俩在别的地方租了更大的铺面，搬走了，消失在他的生活中。

十年间，他笔耕不辍，成为小有名气的作家。年初，他幸运收到一家出版社的邀约，约他年内完成一个穿越长篇小说，他欣然签约。

时间紧，任务重，他立即投入到紧张的写作中，可无论是在工作室还是家里，都时常有人进进出出，熙熙攘攘的，他一点灵感也没有，急得吃不下饭睡不着觉，决定换个安静的环境，便在博客发布了求租房屋的信息。

信息发布后，很多房东联系他，要么租金太贵，要么房子条件太差，要么周边环境太嘈杂，一直没找到中意的房子。

一周后，他接到一个房主的电话，约他去看房。

这是一个古朴的小院，位于市郊，背山靠河，房内虽然布置简朴，却干净清爽。院内古榕树绿意盎然，雪白的栀子花吐露着香甜的芬芳。附近只有房主一户人家，相当清静。他当即决定租下小院，房主是个爽快人，租金不贵，还说租完后再结算。

他在小院开始了封闭式的写作生活，除了偶尔外出采购一些生活用品，他每天待在电脑前，足不出户。房主每天给他送些自己种的瓜果蔬菜，饿了他就按现有食材做些简单的农家饭。与清风明月为伴，有花草清香环绕，没有喧嚣，无人打扰，他恍若身处世外桃源，心静如水，文思如泉涌，八个多月便完成了任务。

离开小院时，他约来房主结算房租。房主说他房子空着也是空着，租金不要了。

他惊讶得差点掉下下巴，世界上还有这等好事？一个与自己无亲无故的人，白白把房子让给他住几个月，还不收费，恐怕他这个作家也编不出如此不令人相信的故事。

他执意要给房主租金，房主面露难色地说，其实这房子并不是我的，是我堂哥的，我帮他照看的，他跟我说了，不收你的租金。

你堂哥？我不认识啊。

我也不知道，等会他会过来，说要和你喝几杯，祝贺你完成大作。

房主回家炒了几个小菜，端过来，又拿来一瓶酒。

暮色降临，房主的堂哥神色匆匆赶来了，男人衣着讲究，笑容憨厚。他仔细打量男人，并不认识男人。

男人从随手的提包里取出一袋包子，打开，拿出一个递给他。

他咬了一口，一种熟悉的味道唤醒了他沉睡的记忆。你是……

我是你从前的邻居，开包子铺的。

都认不出来了。

这些年，我一直默默关注着你，在你博客看到求租房屋的信息时，就立即让我堂弟跟你联系。

两个人边吃边喝边聊，他拿租金给男人，男人推回去。你当初写文章宣传我的包子，你也没收宣传费啊。

他说，一篇小文章，举手之劳，何足挂齿？

男人说，一间老房子，长期闲置，哪需租金？

两人相视一笑，不再说什么，共同举起酒杯，碰在了一起。

（原载 2021 年 5 期《小说月刊》）

一个人待会儿

第四辑

尘世万象

◀ 饭 局

摄影师江远秋转战丽城发展，安顿好后，在大学同学微信群里发了条信息：我到丽城了，今晚诚邀丽城的同学们吃饭叙旧，不知大家可否赏光？

信息发出后，群里如同一潭沉寂的死水，无声无息。

三天后，庄文像一尾鱼儿突然游出水面冒了个泡，他在群里说：大摄影师来丽城了？晚上我请客，专程为你接风洗尘。江远秋欣然应允。大学时期，江远秋和庄文住同一宿舍，感情甚笃，大学毕业后，大家天各一方，逐渐失去了联系。

晚上，江远秋准时赶到约定的酒楼雅间。庄文已经到了，里面还有两个中年男士，一个高瘦，戴一副金丝眼镜，显得温文尔雅，另一个矮胖，衣着考究，满面红光，一副阔绰豪气的样子。

一见江远秋，三人纷纷起身，热情得像见到久别的亲人。

庄文紧紧握住江远秋的手，老同学，多年不见，分外想念啊，你来丽城了，咱们以后可以常聚了。

金丝眼镜走上前，亲切地跟江远秋握手，庄校长的同学，那就跟我的亲同学一样，以后有啥用得上我的地方，尽管开口。庄文向江远秋介绍金丝眼镜，这位是李局，丽城文化圈的风云人物。

矮胖男人也凑近来，笑容可掬地说，庄校长是我的好兄弟，以后咱们要常来常往。庄文介绍矮胖男人，这位是王老板，大型广告公司的老总，商界名流。

庄文说，老同学，今天这个聚会可不简单，我把咱们丽城的两位大人物都请来陪你了。幸会幸会！江远秋有点受宠若惊，心里涌起一股暖流。

美酒和美食悉数上桌，四人边吃边聊，相谈甚欢。酒过三巡，江远秋和庄文滔滔不绝聊起他们大学时的趣事，李局和王老板识相地退出雅间。

中途，江远秋出来上厕所，看见李局和王老板在前台争抢着买单。经过他们身边时，俩人正交头接耳窃窃私语。本来是我们请庄校，他怎么叫上他同学了？他葫芦里卖什么药？今天咱俩都沦为陪客了。谁叫咱们有事要求他呢！江远秋突觉一丝尴尬与失落，低头悄悄从他们身后走过，没让他们注意到自己。

江远秋回到雅间，李局和王老板也进来了。李局端着一大杯白酒走到庄文身边，庄校，我敬您一杯，今天这个聚会，你把同学都请来了，说明你没把咱当外人，那我也不把自己当外人，刚好有件事情想请庄校帮忙。说着，李局举起酒杯，一饮而尽。

你有什么事情就直说，别卖关子了，庄校又不是别人，王老板在一旁附和。李局说，那我就直说了……庄文吐着酒气，打断李局的话，今天的主题是为我同学接风，工作上的事先不谈。王老板给李局空着的酒杯装满酒，说，上次请庄校帮忙的事，不知庄校可有眉目？庄文摆摆手，我难得和老同学聚聚，其他事情先搁后。李局和王老板欲言又止。

庄文抬手看看手表，时间不早了，我同学也要休息了，咱们下次再聚。江远秋和李局、王老板互换了手机号码。下次我组局，咱们再聚！我请大家才是。李局和王老板争先恐后地说。

庄文叫了代驾，执意要亲自送江远秋回去。小车送到江远秋租住的楼下，庄文把江远秋拉到一旁小声说，我还有点事想请老同学帮忙。江远秋说，有事尽管开口。庄文说，我领导的女儿明晚十八岁生日宴，没找到满意的摄影师，你摄影这么专业，我想请你一展身手，不知是否方便？江远秋说，举手之劳，小事一桩。老同学真够义气！庄文用力拍拍江远秋的肩膀。

几天后，江远秋将一个精致的相册送到庄文手上，这是你领导千金的生日宴相册，每张照片都是我精选出来的。庄文给了江远秋一个大大的拥抱，感激地说，老同学，你帮了我的大忙，有时间我请客好好感谢你，等我电话。

江远秋没有等到庄文的电话。

两个月后，江远秋的影楼开业，他打电话邀请庄文一起吃饭庆祝，庄文那边的声音很低，老同学，我正在开会，先挂了啊。

几个小时后，江远秋再次打过去，庄文说，实在不好意思，我在出差的路上，手机信号差，你那边声音怎么这么小？等我回去请你吃饭。庄文挂断了电话。

从那以后，庄文的电话一直没有打过来。

江远秋的影楼生意日渐红火，他想给影楼做一则宣传广告，不由想起王老板。打电话过去，王老板今晚有空吗？我请你吃饭，和你谈谈广告方面的业务。你是谁？怎么有我的号码？王老板充满戒备地问完，挂断了电话。

半年后，江远秋准备在丽城举办个人摄影展，他突然想起分管文化的李局，一个电话打过去，李局，今晚请你吃饭，顺便向你请教一些筹办摄影展览的事宜。你哪位？我们一起吃过饭，庄校的同学，想起来了吗？哦，想起来了，你是报社上班的那位吧？太不凑巧了，今晚我有公务，脱不开身啊。李局挂掉电话。

三年后，江远秋的摄影作品获得全国权威摄影大赛金奖，丽城电视台、丽城报社等各大媒体竞相采访报道江远秋，他一下子成为丽城炙手可热的名人。

那段时间，江远秋突然接到许多久违的电话，其中就有庄文、王老板和李局的电话，他们说好久没聚了，要请江远秋吃饭，说要为他庆贺。

江远秋本想毫不客气地挂掉电话，突然想到女儿要来丽城上学了，说不定要找江文帮忙，自己以后会经常出席各类文化活动，难免和李局碰面，他的影楼要做大做强离不开宣传推广，可能会找王老板合作。于是，他一笑说，太好了，很长时间没见你们了，今晚我请客，咱们好好喝几杯。

（原载 2023 年 11 期《作品》，2024 年 1 期《小说选刊》转载，2024 年 6 期《小小说选刊》转载）

◀ 分界线

悠悠江水，川流不息，蓝天白云下，宛若蓝绿色的锦缎闪耀着柔美的光泽。江畔是古色古香的老街，白墙黑瓦的骑楼如春笋林立，各色商铺鳞次栉比，充满了浓浓的烟火气息。

晨光熹微，永记肠粉店已有客人进出，莲妹和江海两口子忙前忙后，袅袅水蒸气夹杂着肠粉清香从店内飘散到街头。突然，震耳欲聋的音乐从隔壁的悠然奶茶店传来，像奔腾的马蹄沉重敲击着莲妹和江海的神经。

奶茶店开业不久，店主是对年轻小情侣，小伙子总穿着破洞牛仔服，吊儿郎当的样子。小姑娘天天黑衣黑裙，一脸高冷不好惹的神情，像朵带刺的玫瑰。莲妹两口子看不惯他们，"一看就不是正经人。"背地里，莲妹两口子称小伙子叫疯子，称小姑娘为黑玫瑰。

音乐声仍在激烈回响，江海心里燃起熊熊火焰，丢下手中活儿，大步跑到奶茶店门口，高声吼道："把音乐声调小点，吵死人了！"黑玫瑰冷若冰霜，不屑地斜了江海一眼，"真是海里长大的官，管得真是宽！我放我的音乐，关你什么事？"疯子走过来，一副同仇敌忾的样子。莲妹怒气冲冲地跟过来。随即，两家人展开一场声势浩大的唇枪舌剑，脏话狠话不停冒，唾沫星子满天飞，莲妹和江海三岁的女儿朵朵吓得哇哇大哭。不少人过来劝架，才艰难地将两家人拉开。

从此，两家仇人相见，分外眼红，你看到我横眉冷对，我见了你怒目圆睁。

这天，有个排队买奶茶的客人站到了肠粉店门口，莲妹亮起高亢的声音说："买奶茶的别站我家门口。"第二天，有两个等肠粉的客人在奶茶店门口聊天，黑玫瑰扯着嗓子喊："肠粉店在旁边，别走错门。"

没多久，疯子拿起油性笔，在两家店铺中间划上一条分界线，那条线又粗又黑，分外醒目，仿佛筑起了一道不可逾越的鸿沟。

春日的午后，朵朵独自在门口玩耍，不知不觉越过分界线，来到奶茶店门口，见黑玫瑰正对镜贴花黄，蹦蹦跳跳跑进去。黑玫瑰见是隔壁家的女儿，没搭理。朵朵睁着黑溜溜的大眼睛好奇地看着她，奶声奶气地问："姐姐，你要把自己化装成美丽的公主吗？"黑玫瑰忍不住"扑哧"一笑，疯子也笑起来："她是公主，那我就是王子了！"朵朵看了疯子一眼，认真地说："可是，王子没你这么黑。"黑玫瑰和疯子笑得前仰后合。朵朵凑到黑玫瑰跟前："姐姐，你给我化个妆，我也想变成美丽的公主！"黑玫瑰摸着朵朵娇嫩的小脸蛋说："我给你化了妆，你家的两只大老虎会吃了我！"朵朵一脸疑惑："我家没有养大老虎啊。"黑玫瑰和疯子笑出了眼泪，望着朵朵感叹："这丫头真可爱。"黑玫瑰把朵朵凌乱的头发梳整齐，编成两条小辫子，把自己的水晶发夹夹在朵朵头上，举起镜子对着朵朵："看，你现在已经变成美丽的公主了！"朵朵开心地跳起来，像阳光下灿烂的花骨朵。疯子拿起一杯奶茶递给朵朵："公主殿下，请享用奶茶。"

朵朵捧着奶茶回来，莲妹见状，一把夺过朵朵手里的奶茶："哪来的奶茶？""隔壁哥哥给的。""以后不许去他们那里，他们不是好人。"江海严肃地看着朵朵。朵朵委屈地噘起小嘴："胡说，哥哥姐姐是好人，她们说我是公主，还请我喝奶茶。"莲妹打量着朵朵的头发："头发是那女的给你梳的？"朵朵点点头，伸手去抓莲妹手里的奶茶："还我奶茶，我要喝奶茶！"莲妹不松手，朵朵一屁股坐在地上，伤心地哭起来。莲妹和江海连哄带骗说了半天朵朵就是不起来，莲妹只得无奈地将奶茶还给朵朵，朵朵破涕为笑。

一连几天，莲妹和江海趁不注意，朵朵就跑去奶茶店了，回来时总捧着一杯奶茶，莲妹和江海也拿小孩没办法。"朵朵天天喝人家的奶茶，多不好意思啊！"莲妹叹气。"看样子，他们没我们想的那么坏，他们对朵朵多好啊，朵朵也是真心喜欢他们。""要不，咱们也送点东西给他们吧，不能占别人的便宜。""行，这段时间我多做两份肠粉，让朵朵拿给他们当早餐。"

第二天一早，朵朵提着两盒肠粉来到奶茶店："哥哥姐姐，我爸爸妈妈请你们吃肠粉。"黑玫瑰和疯子面面相觑，一脸不可思议，不知该接还是不接。半晌，疯子开口道："看在朵朵面子上，咱们吃吧！"疯子接过朵朵手里的盒子，揭开盖子，晶莹剔透的肠粉诱惑着黑玫瑰的双眼："伸手不打笑脸人，开吃！"两人拿起筷子大快朵颐："他们手艺不错！""想一想，那两口子其实也没那么讨厌。"

一天晚上，朵朵还在奶茶店玩，莲妹走到门口喊："朵朵，回家了！"黑玫瑰将朵朵送出奶茶店，刚好和莲妹打了个碰面。莲妹不好意思朝黑玫瑰一笑："朵朵打扰你们了！"黑玫瑰脸上徐徐绽出一抹笑，温柔地摸摸朵朵的头："朵朵很乖很可爱！"莲妹牵起朵朵的手，对黑玫瑰挥手再见。

有一天，江海站在分界线边抽烟，疯子正好从店里走出来呼吸新鲜口气，江海拿出一支烟递给疯子。"我只敢在外面抽，在店里抽会挨骂。"疯子说。"我也是！""看来，咱们同病相怜，都是妻管严！"两人相视一笑。

中秋节晚上，莲妹两口子做了一大桌菜，把疯子和黑玫瑰叫过来一起过节。疯子带来一瓶好酒。四个大人和一个孩子，热热闹闹围坐在一起。

店外，圆月当空，灯火通明，那条分界线不知什么时候已经变得模糊不清……

（原载2024年7期《小说月刊》，2024年3期《台港文学选刊》转载）

◀ 背后有人

　　领导下班回家，桌上放着一把崭新的京胡，紫竹的，鲜艳油亮，上面雕刻着精致的腊梅图。

　　家里静悄悄的。人呢？领导喊了一声。

　　我在阳台上忙呢！夫人的声音飘过来。领导走过去。

　　阳台上，夫人正在给鱼缸里的锦鲤喂鱼饲料，看见领导，她一脸惊奇。今天太阳从西边出来，大忙人这么早就回来了？

　　领导笑笑，今天早点下班，陪你一起吃晚饭。

　　夫人一脸疑云。我没听错吧，你这一年到头的，在家吃过几顿饭！说着，好奇地看着领导。你是陪我吃饭，还是有别的事情？

　　领导摇摇头，走到鱼缸边看了看，说，鱼缸的水浑了，该换清水了。

　　夫人说，这你就不懂了，水至清则无鱼，人至察则无徒。水太清，不适合鱼生存，懂吗？

　　领导说，清水里就没有鱼了？不见得吧！我上周下乡调研，看到一条山溪清澈见底，里面的鱼虾成群结队。老话讲"浑水摸鱼"，水浑了，鱼恐怕自身难保啊。

领导抱起鱼缸在水龙头处换了清水，他拍拍鱼缸，五彩缤纷的锦鲤欢腾地在水中游来游去，像飘动的云彩。

夫人不说话，拿起水壶给花浇水。那是一盆蕙兰，一朵兰花正含芳吐蕊。

哎，你看这盆兰花，只开了一朵，旁边的几枝都不开，这朵虽然开得好，但它开得好孤独，独自一个样，太与众不同，显得太打眼太另类了。

领导不语，伸手把花盆里的几棵杂草拔掉，扔进垃圾桶，意味深长地说，有杂草缠绕其中，这兰花当然开不全，把杂草清除干净了，这些花儿，很快就开了。一株好兰，不能让几棵杂草给毁了。

夫人没搭理他，给笼子里的小鸟放鸟食和水。夫人看着吃食的小鸟道：你说，这小鸟会有家人和朋友吗？要是没有，活着多可怜，多没意思啊。

领导说，是啊，这小鸟怪可怜的，天天关在笼子里，像坐牢一样。我估计啊，当时它也是一时大意，从此失去了自由。说着，他望向夫人问，你希望我像这小鸟一样吗？

夫人说，你今天说这些话是什么意思？

领导说，咱俩生活了几十年，是什么意思，你自然心如明镜啊。

夫人说，我知道，你想让我把京胡送回去，是这个意思吗？

夫人，你可是我的最后一道防线，要替我守好了。

别人的东西不让收就罢了，你自己亲侄子的东西也不能收？你把工程批给他做是做，批给别人做也是做。当了官，不能忘了本啊，你父母死得早，是哥嫂把你养大，供你上大学，你就不能睁一只眼闭一只眼？你知道吗，他公司最近遇到困难了，急需用钱，要不然也不会找上门来。

今天侄子打电话给我，问我还在玩京胡没有，还说到家里了，我就知道有问题。夫人啊，我这领导不是给亲戚朋友当的，让他们高兴了，背后的人就不高兴了。

背后的人？

自从做了官，我就觉背后有千万双眼睛在盯着，生怕有人戳我的脊梁骨。

好好好，我把京胡给送回去。夫人一脸难看地提起东西往外走。

你先等一下。领导说着，朝卧室去了。

领导出来，把一张存折递给夫人，说，这是咱们家的积蓄，给咱大侄子救急，这些钱干干净净、清清白白的，让他放心用。

夫人说，好好好，听你的，我的大领导！

领导望着夫人走出大门，长长地松了一口气……

（原载 2019 年 11 月 12 日《羊城晚报》，2019 年 7 期《微型小说选刊》转载，2020 年 8 期《小小说选刊》转载）

一个人待会儿

◀ 乔迁新居

小美从小和家人挤在狭小破旧的老房子里，她一直渴望拥有一套属于自己的房子，为了这个梦想，她努力工作，省吃俭用。

年初，小美拿出多年积蓄，又向父母又借了一些钱，购买了一套两居室的小房子，交了首付。收房后，她马上开始装修。那些日子，她每天跑建材市场和装修公司，大到房屋的整体风格，小到一块地砖，她都亲力亲为。半年后，她的新房子装修完毕，窗明几净，简约大方，她非常满意。

搬进新房的那晚，她独自躺在床上，兴奋得一夜没睡。住着新房子，小美感到生活充满了阳光，每天干什么都不觉得累，就连喝白开水都觉得甜滋滋的。

小美想把自己的喜悦和幸福分享给最亲近的人，她约闺蜜小芳来家里做客。

为了迎接小芳的到来，小美前几天就开始了精心的准备。她给小芳买了新拖鞋，把客房的床换上干净柔软的新床单，是小芳最喜欢的粉红色。客厅里买了好闻的玫瑰香薰，花瓶里插上了小芳最喜爱的香水百合。

周末，小美叫小芳早点过来，结果小芳晚上才到。一进门，小芳就开始埋怨起来，小美啊，你这房子买得太偏远了，我转了好几次公交车，累死了。小美不知说些什么，只能用微笑掩饰尴尬。

小美雀跃地拉着小芳参观新房，原本小美以为小芳会替她开心，出乎意料地，小芳的脸毫无波澜，淡淡地说，小美，你这房子不到七十平方吧？看着感觉比我家房子小不少，我那房子一百二十多平方，我都嫌小呢！

小芳的话像一盆冰凉的水浇在小美身上，小美勉强挤出一丝笑容说，我觉得家不在大，在于温馨。

小芳挑眼环视了一下四周，说，小美，我觉得你这个电视背景墙过于艳丽，有点俗气，还有你这个水晶灯，早过时了。小芳放鞭炮一般"噼里啪啦"地说着，炸得小美的脑袋生疼。

以前小美租房子的时候，小芳经常到她的出租屋留宿，俩人躺在硬邦邦的木板床上，一聊就是一整晚。晚上，小美盛情留小芳在新房住一晚再回去，闺蜜俩也好说说悄悄话，重温昔日美好时光，小芳却嚷着要回去，她说，我认床，在新床上睡不着。

小美把小芳送上了回去的公交车上。临走前，小美叮嘱小芳回家后发个信息。整整一个晚上，小美没有等到小芳的只言片语。

第二天一早，小美想发条微信问问小芳，看到小芳朋友圈刚发了动态，那是小芳在家拖地的照片，配着一段文字：房子大了真麻烦，打扫卫生好辛苦啊！

小美没有再发信息给小芳。

小美的亲戚们听说小美买了新房，都吵着要过来看看。周末，亲戚们一大帮子人早早赶过来了。小美把家里的水果和零食全部拿出来，又去菜市场买了鸡鸭鱼肉和生猛海鲜，煲了靓汤，准备了一大桌丰富的好菜招待他们。

亲戚们酒足饭饱过后，围坐在沙发上闲聊起来。

舅妈用纸巾擦擦油腻的嘴巴，唉声叹气地说，小美啊，你这房子朝西，朝向不好，俗话说"日落西山，夕阳西下"，多不吉利啊，而且朝西有夕晒，夏天热死人，我跟你说啊，房子一定要朝南，采光好，又通风，冬暖夏凉，我儿子买的房子就是朝南的，住着特舒服。

婶子摸着圆滚滚的肚子说，小美，你这房子的格局也有问题，你看啊，厨房的大门对着卫生间的大门，如果有人上厕所，臭气都会跑到卫生间里来，多难为情啊，我以后买房，绝不买你这种格局。

表姐边嗑瓜子边说，还有啊，你这房子的门口正对着电梯，从风水上讲，这样会挡财气的，房子是不能随便买的，我以前买房时，专门请风水先生看了的。

亲戚们像开批斗大会似的，七嘴八舌纷纷数落着房子的种种不好，晚上五点多钟，他们才散去，留下一桌子残羹剩饭，还有满地瓜子壳和水果皮。

小美系上围裙，开始清理打扫。正忙着，她的手机响了，是堂弟发来的语音：姐啊，听亲戚们回来说你买的新房子不好，还说你过得也不好，姐，你没事吧？

看着那条信息，小美的心里像突然丢进一块巨大的冰块，又凉又堵，她丢下扫把，瘫倒在沙发上，一动也不想动。

不知过了多久，门铃响了，小美打开门，看到父母提着大包小包站在大门口。一进门，父亲立即把包里的新鲜蔬果拿出来，整整齐齐地装进冰箱。闺女，你买了新房子，要经常开火做饭，每天准时吃饭。

母亲把带来的一束富贵竹装进瓶子里。听说富贵竹代表富贵平安，我给你带了几枝。

父母俩高兴地在房子里转悠。母亲脸上笑开了花。俗话说金窝银窝不如自己的草窝，闺女，你终于有了自己的窝了，不容易啊，咱们真替你高兴。

父亲踱着步，这里看看那里瞧瞧，不停地点头，闺女，你这房子看哪儿哪儿都好……

小美朝父母一笑，回头偷偷抹去眼眶里快落下的泪水。

（原载 2022 年 5 期《小说月刊》）

◀ 生活在手机里

清晨五点，小美起床化妆，穿上新买的名牌运动装，一番精心打扮后，带着手机来到公园。

小美找到一条人迹稀少的林荫小道，路边古榕树葱郁茂密，是拍照的绝佳之地。她拦住一个路过的阿姨，让阿姨帮她拍照。

你一定要把我跑动时的动作抓拍好，拍的时候离我远些，要注意光线……小美叮嘱完，把手机递给阿姨。

小美沿小路跑起来，对镜头绽放着灿烂的甜笑。"啪啪啪"，阿姨连连按着手机。

阿姨拍完，小美迫不及待打开照片，一张张放大，仔细查看，没一张令她满意的。这张显胖，这张显腿短，这张表情不自然，唉，老人家的拍照水平真不行，小美将照片全部删除了。

这时，一个年轻姑娘走过来，小美请姑娘帮她拍照。美女，你蹲下来拍，这样显瘦显腿长，小美提醒道。

小美优美地舒展身姿，朝镜头跑过来。姑娘对着小美连拍了好几张。

这次的照片小美很满意，她精心选出九张，认真修图、美颜，配上文字"每天坚持运动"，发在朋友圈。照片里的她肤白貌美大长腿，奔跑的样子仿佛带着风，养眼又迷人，很快收获了许多点赞和评论。太美了！状态真好！真是自律的女人！小美反复看着那些夸奖的文字，整个人兴奋得像飘荡在云端。

手机响了。还不回来吃早餐？你上班要迟到了，母亲在电话里说。

小美匆匆赶回家，母亲已经把早餐端上桌了，圆润饱满的大包子，雪白似乳的大米粥，翠绿欲滴的绿叶菜。母亲正要动筷子，小美立即制止，老妈，先别动，等我拍段视频你再吃。小美把母亲拉下桌，特意换上一套棉麻家居服，用手机支架立起手机进行拍摄。她端坐镜头前，优雅地拿起一个包子，轻轻咬上一口，再舀一勺大米粥放进嘴里，脸上满是享受。

小美把视频剪辑好，写上文字：美好的一天，从早餐开始。她把视频发在抖音上。母亲无奈地看着她，真搞不懂你们这些年轻人，每次吃饭前都要拿手机拍拍拍。老妈，这叫仪式感，你落伍了。说着，小美看看手表，哎哟，时间不早了，要上班了。母亲说，你还没吃东西呢！小美笑嘻嘻地说，不吃了，减肥。

一到公司，小美的第一件事情就是自拍，她拿起厚厚一沓文件，自拍了一张照片发在朋友圈，写道：认真工作，做个勤劳的打工人。

工作不到半小时，小美就坐不住了。她悄悄拿起手机，溜进洗手间，把手机设置成静音，点开自己的视频账号，有几十条评论，还涨了十几个粉丝，她激动得差点笑出声来。

午休时间，小美一条条翻看朋友圈里的动态，凡是上司领导、大咖名人或异性朋友发的动态，她都一一点赞，认真评论，对于那些普通人发的动态，她直接略过。

一下班，小美就打电话给表姐。前几天，她听表姐说今晚会受邀出席一个大型文化活动，她也想跟着去。姐，今天的文化活动，你带上我吧。表姐难为情地说，人家又没有邀请你，你没有请帖，怎么去？小美说，你就说我是你的秘书，好姐姐，求求你了，带我见见世面吧。经不住她的软磨硬泡，表姐勉强答应了。

小美一袭盛装，跟着表姐来到活动现场。她在会场四处穿梭，寻找最佳角度拍照、拍视频。突然，她看到了著名作家莫雪。

莫雪正被一大群人围着，小美狂奔过去，像一条灵动的鱼儿，用力钻进人群，冲到了最前面。她一把拉住莫雪的手，莫雪老师，我很喜欢你，希望和您拍一张照片留作纪念。莫雪尴尬一笑，不置可否。

小美迅速把手机丢给工作人员，工作人员拍下了她和莫雪的合影。照片里，她紧挨着莫雪，俨然是和莫雪是相交甚笃的老友。

晚上，小美把与莫雪的合影晒出来，添加了文字：受邀参加盛大文化活动，遇到老朋友、著名作家莫雪老师，合影留念。照片一晒出来，大家都连连惊叹，见到名人了啊，厉害啊！这么高大上的活动都能出席，不简单啊。小美心花怒放，一遍遍翻阅着评论，眼皮子突然打起架来，一看时间，凌晨一点多钟了，该睡觉了。

　　小美放下手机，闭上眼睛，努力让自己入睡，却怎么也睡不安稳，心里像爬了无数只蚂蚁，无法平静下来，心里总惦记着自己发的照片和视频，不知有没有人看，有没有人点赞和评论。她忍不住伸出手，拿起手机刷起来……

　　（原刊 2022 年 3 期《红豆》，2022 年 6 期《小说选刊》转载，2022 年 22 期《微型小说选刊》转载，2022 年 5 期《传奇传记文学选刊》转载）

一个人待会儿

◀ 芝麻大的事儿

　　肖晴最近总是莫名焦虑和失眠，头发掉得很严重，听闺蜜说吃黑芝麻可以防脱固发，她仿佛看到了希望的曙光。

　　下班后，她去商场买了两斤黑芝麻回来，炒熟后装进大碗里，放在灶台边，准备晾凉后每日食用。

　　晚上，肖晴的丈夫李军到厨房洗手，不小心碰到那碗芝麻。他小心翼翼地把芝麻端出来，放到饭桌上。

　　第二天早上，女儿小薇去上学，刚走到门口，突然想起忘记带水壶了，火急火燎跑到桌子边拿水壶，不小心撞到那碗芝麻。大碗"啪"的一声滚落下来，芝麻洒落一地。

　　肖晴闻声出来，望着满地芝麻，心里不由燃起无数小火苗，怒气冲冲呵斥道："没长眼睛吗？毛手毛脚的。"

　　小薇一脸委屈，顶嘴道："不就是一碗芝麻吗？我又不是故意的。"说完，一溜烟推门出去了。

　　小薇的态度让肖晴心中积压的火气急速蔓延，越烧越旺。

李军从卧室出来，说："一碗芝麻而已，发什么火啊？"

肖晴一听，心中的怒火如同被淋上热油，在她身体里升腾，她歇斯底里高喊道："你是站着说话不腰疼，我每天忙得脚不沾地，头发都快掉光了。"

李军斜眼看了她一下，说："看看你现在的样子，像个泼妇一样。"说完，拿起公文包摔门而出。

肖晴气得快爆炸了，满腹怨气地出门上班。

肖晴和李军的公司相隔不远，以往两人都是一起上班，肖晴开车先把李军送到公司，再去自己的公司。

肖晴独自驾车朝公司驶去，手握方向盘，她还想着刚才的事，这根本不是一碗芝麻的事。她每天忙里忙外，累到失眠脱发，女儿不省心，老公不心疼，明明是这两人做错了，还来怪她。她越想越委屈，眼泪不停地往下掉，模糊了双眼。

途经一个路口，隐约看到一辆摩托车冲出来，她急踩刹车，车子和摩托车还是撞在一起，"嘭"的发出一声巨响。她立即下车查看，爱车车头撞花了，摩托车被撞倒，摩托车上的女人摔在地上，膝盖处鲜血直流。

肖晴急忙拨打120，不一会儿，救护车来了，肖晴跟着女人去了医院。

给女人检查、拍片、抓药，肖晴钱包里的三千元很快用光了。所幸的是，女人无大碍。女人的家属到了，要肖晴赔付营养费、误工费等等，七七八八加起来，又是八千元。肖晴虽然心有不甘，但有什么办法呢？谁让你撞了人？她只能硬着头皮把钱转给女人的家属。

处理完一切，她开着"伤痕累累"的车往公司赶。半路上，人事部王经理的电话打来了："你今天没请假也没上班，违反公司的考勤制度了。"她立即解释："上班途中发生车祸，忘记请假了，我正在赶往公司的路上。"王经理惋惜地说："你已经迟到三个多小时了，这个月的全勤奖没了，两千多元呢，真替你可惜。"她一听，原本郁闷的心情顿时雪上加霜。

李军从家里出来，准备搭的士去上班。正好遇上早高峰，的士一到路边停下，就被他人"捷足先登"了。眼看快迟到了，他只好上了一辆公交车。挤在水泄不通的车厢里，他依然气愤难平，不就是一碗芝麻吗？值得了几个钱？她犯得着发那么大火吗？简直不可理喻。

这时，同事小王的电话打来了："组长，你怎么还没有到公司？老板来了，正在开会，B组组长正在跟老板汇报策划方案。"他一惊，光顾着生气，竟然忘记大事了。最近，他所在的广告公司接了一家大公司的广告，老板让他们A组和B组各做一个方案，单子将交给方案做得更好的一组。为了做好这个广告方案，他和团队加班加点，辛苦忙活了半个月，做出了他们认为十分完美的方案，他对这个方案很有信心。此时，他急得像热锅上的蚂蚁，只恨自己没有翅膀，不能马上飞到公司去。

一到公司，他第一时间赶往老板办公室，里面空空如也。小王走过来，垂头丧气地说："老板已经走了，这单交给B组了，老板说是我们自己放弃了机会。"小王的话像一记闷棍，重重地打在他头上，生疼。他愣在当地，半天没回过神来。

下午临下班时，肖晴和李军接到了小薇班主任的电话，班主任说小薇在学校打了同学王宇，要他们去学校一趟。

两口子立即拖着疲惫的身子赶到学校，班主任对两人和小薇进行了教育训话，夫妻俩不停地向班主任赔礼道歉："对不起，下次不会了，我们会好好管教孩子的。"

走出校门，天已经黑了。"小薇，你怎么打人了？""小薇，你以前可从不这样啊。"两人追问小薇。

"一大早上被老妈臭骂一顿，心情不爽，刚到学校，王宇嘲笑我胖，我一时没忍住，就踹了他一脚。"小薇的话让两人又好气又好笑。

肖晴开车载着李军和小薇回家，一路上，谁也没说话，仿佛是狂风暴雨过后的平静。

回到家，打开家门，那些芝麻还残留在地上，三人看着那些芝麻，心里像打翻了五味瓶，真是倒霉的一天，芝麻大的事儿，怎么就变成这样了？

（原载 6 月 9 日《羊城晚报》）

◀ 出　息

　　老李的儿子小锋是十里八乡出了名的好孩子，从小学习成绩好，每次考试都名列前茅，每每谁家孩子调皮捣蛋，谁家孩子学习成绩差，大人总会说："你要多向小锋学习，看看人家小锋，多有出息啊，你能赶上人家一根手指头就好了。"

　　高考时，小锋考上了名牌大学，在村中引起极大的轰动。村里人纷纷向老李两口子道贺，"们家小锋真有出息！""你你们家飞出金凤凰了！"说这些话的时候，大家的脸上流露着深深的羡慕之情，老李两口子心里像裹了蜜汁，甜滋滋的。

　　因为儿子，老李两口子脸上有光，走在村里，腰板挺了，头也昂起来了。他们每次经过邻居老王家，心里会涌起一种莫名的优越感。老王的儿子小军从小不爱学习，没考上大学，只能窝在家里种地。

　　小锋像凤凰一样飞出村子，飞到大城市念书去了。老李两口子时常思念儿子，想儿子时，两口子就反复地聊小锋从小到大的光荣事迹。"小锋为咱家争光了！""小锋是咱俩的骄傲啊！"一说起儿子，他们觉得浑身有劲。

四年大学生涯，小锋鲜少回家，除了繁重的学业，他还在学校学生会任职，假期还要勤工俭学。小锋时常打电话给老李两口子，"爸，妈，四年大学生活，对我来说非常重要，我要牢牢打好基础，将来踏入社会才会有一席之地，你们在家等我，等我大学毕业了，就有时间陪你们了。"老李两口子虽然想念儿子，却也为儿子的成熟懂事感到欣慰，他们对自己说："小锋是个有出息的孩子，小小年纪就考虑长远，咱们应该支持他。"

四年后，小锋没有回家，他给老李两口子打来电话，兴冲冲地说："爸，妈，我刚找到工作，进了一家世界500强的大公司，工资待遇很好，干得好就能升职，今年春节我就不回去了，我主动要求春节加班，这样能给领导留个好印象。"老李两口子心里涌起淡淡的失落，他们已经整整四年没有见儿子了。很快，他们就想通了，他们互相安慰："小锋有出息啊，能进大公司工作是很多人求都求不来的，咱们不能拖他的后腿。"

两年后，老李两口子接到小锋的电话："爸，妈，实在不好意思，说好回来看你们的，但我工作太忙了，最近刚晋升为主管，正处于事业上升的关键期，一刻也不敢怠慢，等以后工作稳定了再回去看你们。"挂断电话，老李两口子心里像打翻了五味瓶，很不是滋味，他们努力开解自己："咱们小锋有出息，升职加薪了，多好的事情啊，我们应该高兴才是。"

三年后，小锋打电话回来："爸，妈，跟你们说个好消息，我刚谈了个女朋友，她是这边本地人，工作也体面，她说买了房子才跟我结婚，最近我忙着四处看房，实在没空回去看望你们二老，希望你们能谅解我。"小锋深深叹了口气，声音带着一丝哭腔："大城市的房价好贵啊，我和女朋友存了些钱，她爸妈也愿意资助我们一部分，但交首付还是不够，爸，妈，我实在没办法了，你们能不能帮帮我？"通完电话，老李两口子心急如焚，老李说："小锋多有出息啊，一个山里娃找了个城里的女朋友，还要在大城市买房，这是好事啊，我们要尽全力帮他。"老伴咬咬牙说："是啊，把咱们所有的积蓄取出来给小锋买房子，这样，他就在大城市真正扎下根了。"

一年后，小锋的电话如期而至："爸，妈，我本来准备这个月回去看你们的，但媳妇说不太习惯农村生活，她现在怀孕了，我也不敢惹她生气，等孩子出生了，我接你们来城里住。"讲完电话，老李两口子的心里空落落的，像掏空了一样难受，半晌，老李勉强挤出一抹笑，说："小锋就是有出息，现在算是真正在大城市成家立业了，一年后咱们就能去城里抱孙子了。"老伴点点头："再等一年小锋就回来接我们了，到时候我们可以到城里看看了，村里还没谁去过那么大的城市呢！"

左等右等又一年，老李两口子终于等到了小锋的电话："爸，妈，你们的孙子满周岁了，长得特可爱，我好想接你们来城里住，可我现在的房子太小，孩子又整天哭闹，怕委屈你二老，还是等孩子大点再回去看你们吧！"握着电话，老李两口子刀绞一样难受。老李自我安慰："小锋有出息，在大城市立足不容易，我们不能让他难做。"说着，他的眼泪无声地往下流，老伴看着他，老泪纵横。

老李两口子盼星星盼月亮，始终没有盼到小锋回家的身影。

一天，老李两口子经过村口，村里人羡慕地说："你们小锋太有出息了，读了名牌大学，找了份好工作，娶了个城里媳妇，现在还在大城市安家了，你们真有福气啊！"老李两口子强颜欢笑，说："是啊，小锋是个有出息的孩子，从小到大没让咱们操过心。"

黄昏，老李两口子经过老王家，看着老王一家人正在门口乘凉，老王两口子逗着孙子，小军小两口正在剥玉米，一家人有说有笑的。老李两口子突然很羡慕老王一家人。

半夜，老李两口子拿着小锋的照片，看了又看。老李伤感地说："人人都说小锋有出息，都说他是咱们家的金凤凰。"老伴哽咽道："可这只金凤凰飞走了，再也飞不回来了……"

老李两口子枯坐在床上，你看着我，我看着你，红了眼眶。

（原载 2022 年 11 期《小说月刊》，2023 年 1 期《传奇传记文学选刊》转载）

◀ 手机坏了

洗手时，阿辉的手机突然响了，他急忙拿出来看。手一滑，手机掉进洗手盆的水里，捞出来，竟黑屏了，只好送去维修店。维修师傅让他第二天再来取。

没了手机，阿辉坐立不安，吃不下饭，睡不着觉，像热锅上的蚂蚁，每分钟都是煎熬。

他想，微信工作群不能看了。

自从公司建立了微信工作群，大家都在群里交流，面对面说话的机会都少了。上司经常在群里分派工作，例如叫小王去采购办公用品，叫小方去拜访客户。所以，大家都时时留意着工作群，一旦上司分配了工作，也好及时回应，要不然会给上司留下工作不认真的坏印象。有一次周末休息，阿辉就因为没及时看群消息，晚上才发现经理在群里让他下午加班写活动方案。第二天，他便被经理在大会上狠狠批了一顿。经理还在会上强调，要大家时刻关注工作群，即使是周末和节假日，也不能松懈。

同事们干点什么工作，也会在群里报告一下，好像不这样就显得自己没做事似的。张三去开会，就发张会场现场的照片；李四出差，会发张出差目的地的照片；就连王五给员工购买水果，也会发几张菜市场的照片。有一回，财务老陈去银行办事没来公司，忘记发信息了，后来，大家就在背后议论说他是不是上班时间摸鱼去了，根本没有去银行。老陈气得吐血，却是百口莫辩，毕竟无图无真相啊。

他又想，无法及时掌握女儿班级家长群的动态了。

家长群里，全班同学的家长一个不少。老师经常在群里发布各类信息，有时候是学习任务，有时候是放假通知，家长们看到会第一时间回复："收到，老师辛苦了！"这样才能显现出对老师的尊重、对孩子的重视嘛。如果不理会，会显得自己这个家长"不称职"。

家委会成员也经常在群里发布各类倡议书，布置教室、购买班服，等等，要求大家交费。前几天，家委会提议说要给教室再加装一台空调。阿辉心里极不情愿，去年已经交费给教室安装了两台空调，况且孩子们马上要中考了，也用不了多久。他想回复"不同意"，但其他家长都说好，他也不好唱反调，这样会成为群里"异类"。就像去年儿童节，家委会组织家长交费为孩子们购买蛋糕，一个家长委婉地说吃蛋糕不健康，结果被大家群起而攻之——你家孩子不吃蛋糕，别的孩子还要吃呢！买蛋糕花得了几个钱？给孩子留下一个美好的童年比什么都重要。那位家长只好交了钱，在群里再三道歉，一场风波才算平息。

每逢过年过节，总有"热心"家长在群里建议凑钱给老师买礼物。大家也是连连附和，积极交费。尽管老师总是不肯收，大家还是热情不减。每次，家长们都要精心编一段感谢老师的话语发到群里，一段比一段煽情，一段比一段感人，仿佛不送礼、不发信息，老师就不关照自家孩子似的。

　　还有，他不可以进聊天群聊天了。

　　阿辉平时喜欢摄影，被拉进本地的多个摄影群。去年，他还当选为本地摄影学会的秘书长。从此，他在群里更加活跃了，每天都要刷一波存在感，不是分享各种摄影知识，就是发自己的摄影作品，还会对大家的摄影作品点评一番。他觉得，每天都要在群里亮个相、发个言，才不会被人遗忘。他还有意无意将所做的工作发到群里，今天带会员采风，明天组织会员开会，开会时布置个会场，他也要发张照片出来，因为觉得做人不能默默无闻，既然出力干了活，就应该晒出来，要不然，他为大家奉献了那么多，岂不是白做了？当然，每次发出来后，大家都纷纷竖起大拇指，说一声"辛苦了"，他心里更像吃了蜜一样甜。

　　但最重要的是，他不能够在朋友圈里给人点赞、评论了。

　　每天，阿辉都会认真刷几遍朋友圈。上司、领导发的朋友圈他会点赞和评论，这样可以留个好印象，说不定以后升职加薪的机会也多些；同事发的朋友圈必须点赞、评论，天天都要见面，必须维持好关系，免得以后在工作中给自己穿小鞋；那些虽然加了微信，但没有什么交集的名人、大腕的朋友圈也要点赞、评论，说不定以后有事要求助于他们；好朋友发的朋友圈当然更要点赞、评论，相当于间接给他们打招呼，以免友情逐渐变淡。

但此时手机不在手上，阿辉心里犹如万马奔腾。领导、同事找不到他怎么办？家长群有急事怎么办？群里人见不到他怎么办？朋友发私信给他不能回复怎么办？没在朋友圈给别人点赞、评论，冷落了别人怎么办？

半天时间，竟像一年那样漫长。

第二天，手机终于修好了。阿辉迫不及待地打开手机，发现微信群里还是一如既往的热闹，但并没有人找他，也没人发私信给他。阿辉心里突然涌起一阵深深的失落感……

（原载 2023 年 7 月 26 日《羊城晚报》，2023 年 15 期《微型小说选刊》转载，2023 年 9 月 5 日《作家文摘》转载，入选百花洲文艺出版社《2023 年中国微型小说排行榜》）

◀ 证　据

夜半时分，一阵拍门声把冬梅从睡梦中惊醒。她大气都不敢出，吓得直哆嗦，赶紧用被子蒙住脸，用双手捂住耳朵。她希望在自己无声的沉默中，拍门的人会识趣地自动离去。哪知道，拍门声不但没有停，反而越来越急促，越来越响亮。冬梅又生气又害怕，心里像猫爪子挠过似的，难受极了。

冬梅的男人林建军长期在外打工，她独自留守在家。冬梅人长得清秀水灵，成了村里众多男人骚扰的对象，她就像一块诱人的天鹅肉，个个男人都希望着能尝上一口，特别是那些没婆娘的光棍汉。

听着那越来越急促的拍门声，冬梅心想着：哪个不要脸的臭男人？竟敢拍老娘的房门，老娘不发威，你当我是病猫啊。冬梅也不知道哪儿来的胆量，"腾"地从被窝里钻出来，蹑手蹑脚地走到书桌边，从桌子上摸到一块石头。这石头是她早上在河里洗菜时看到的，觉得好看，就捡回来放在书桌上当摆设，现在正好

第四辑　尘世万象·

派上用场。

冬梅轻轻地把窗户打开一道小缝，斜着眼睛看出去，看到一个黑影正站在自家堂屋门口。她抄起石头，把手从窗户缝伸出去，朝着黑影狠狠一扔。啊！只听见一声凄厉的惨叫，拍门声戛然而止。

冬梅在窗户缝里看见黑影落荒而逃，这才松了一口气。冬梅又好气又好笑。这些不要脸的东西，把我当什么人了？以为我是那些水性杨花的女人啊，以为我想男人想疯了，拍我房门我就开？想得美。也不撒泡尿照照自己，你们啊，连我男人一根汗毛都比不上。冬梅在心里狠狠地骂着。骂着骂着，她又想起林建军来了。林建军已经半年没回来了。

第二天，冬梅一打开房门，便看到门口有个破了洞的瓜皮帽。这顶破帽子好眼熟，她似乎看谁戴过，她冥思苦想了半天，突然想起村里的电工王大海戴过。原来昨天拍门的是光棍汉王大海啊，冬梅恨不得把这顶破帽子狠狠踩上几脚，然后把它踢到大马路上去。但她转念一想，不行，得先收起来，说不定以后有用，这是王大海骚扰我的证据啊。冬梅用两根手指头把帽子提起来，像沾着狗屎似的，厌恶地把它扔进了后屋的纸盒子里。

中午，王大海突然来到冬梅家收电费，他头上裹着白纱布。冬梅看了一眼，说，哟，你这头咋的啦？王大海说，昨天不小心在路上摔了一跤。冬梅一笑，说，摔得不轻啊，以后走路可得当心啊，别走错地儿，走到不该走的地方去了就不好了。王大海斜了冬梅一眼，你就别寒碜人了，你家的电费几个月没交了，今天必须得交，要不然我停你的电。冬梅口气软了下来，再宽限我几天吧，我家男人没回来，等他回来了，马上就交。王大海说，不交就得停电了。冬梅说，你敢停电，我就把我捡到的瓜皮帽拿出来让大家瞧瞧。王大海说，你少吓我，有本事你拿出来让大伙瞧啊。

晚上，冬梅家的电停了。冬梅点起蜡烛去后屋纸盒子里翻出瓜皮帽，心里说，王大海，你等着瞧，有你好看的。

第二天，冬梅拿着瓜皮帽在村里四处晃荡，逢人就说，有个臭男人图谋不轨，晚上拍我家的房门，大家伙看看，这就是证据。

王大海不急也不气，他远远地跟在冬梅屁股后面，也在村里四处晃荡，逢人便说，我去冬梅家收电费，她没钱交，硬是把我留在她家里过了一夜，还把我的瓜皮帽藏起来了，以此要挟我不交电费，哼，我偏偏不受她的要挟，照样停她的电。你们瞧，她手上的瓜皮帽就是她威胁我的证据。

村里的人议论纷纷，看样子，这冬梅和王大海真有一腿啊，那顶瓜皮帽就是证据啊。

年底，林建军回来了，刚走到村口，就听到有人在议论冬梅和王大海的事情，他心里很不是滋味。一回家，林建军便把家里翻了个底朝天，最后在后屋的纸盒子里找到了瓜皮帽。他指着帽子怒气冲冲地问冬梅，说，你是不是背着我在家偷男人？冬梅委屈地哭了起来，别听他们胡说，是王大海骚扰我啊，这帽子就是证据啊。林建军一口唾沫吐到冬梅脸上，我呸，你别蒙人了，王大海会特意地把帽子留下来给你做证据？你当我是三岁小孩啊？说完，林建军把瓜皮帽朝冬梅脸上一丢，这顶绿帽子我可不戴，

第
四
辑

尘
世
万
象

咱们离婚。林建军背上行李，头也不回地走了。

王大海在路上碰到林建军，林建军狠狠地瞪了王大海一眼。王大海看着林建军离去的背影，会心一笑。

冬梅哭了半天，泪水都哭干了，她气呼呼地想，我和王大海干干净净，你们都冤枉我和他有一腿，好，老娘就真和他来一腿，看你们还有什么话说。

家里没电，黑灯瞎火的，冬梅一早就睡下了。刚躺下，一阵急促的拍门声突然响起。冬梅想也没想便开了门。

第二天，冬梅家黑了几个月的灯突然亮了，冬梅站在门前往村里望去，有几家平时亮着灯的屋子却不亮了，冬梅心头不禁暗笑。而王大海得意扬扬地四处收电费，头上依然戴着那顶破了洞的瓜皮帽。

（原载 2019 年 9 期《小说月刊》）